시의
꽃말을
읽다

안상학 편저

시의
꽃말을
읽다

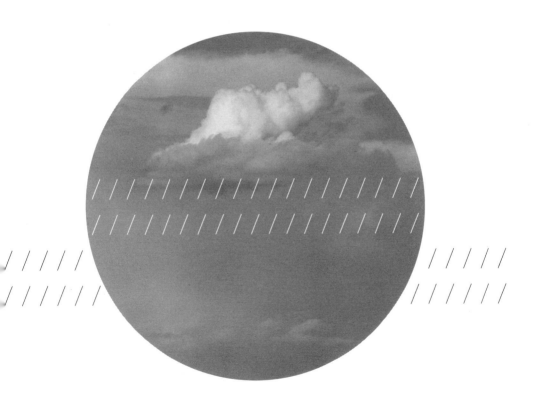

실천문학사

01

내 마음아
아직도 너는 그리워하니

02

오늘 나는
한 여자를 사랑하게 됐다

03

너를 기다리는 동안
시가 왔다

04
내가
계절이다

01

내 마음아
아직도 너는 그리워하니

내 마음아 아직도 기억하니

이성복

내 마음아 아직도 기억하니
우리 함께 개를 끌고 玉山에 갈 때
짝짝인 신발 벗어들고 산을 오르던 사내
내 마음아 너도 보았니 한쪽 신발 벗어
하늘 높이 던지던 사내 내 마음아 너도 들었니
인플레가 민들레처럼 피던 시절
민들레 꽃씨처럼 가볍던 그의 웃음 소리

우우우, 어디에도 닿지 않는 길 갑자기 넓어지고
우우, 내 마음아 아직도 너는 기억하니

오른손에 맞은 오른뺨이 왼뺨을 그리워하고
머뭇대던 왼손이 오른뺨을 서러워하던 시절
내 마음아 아직도 기억하니 우리 함께 개를 끌고
玉山에 갈 때 민들레 꽃씨처럼 가볍던 그의 웃음 소리
내 마음아 아직도 너는 그리워하니 우리 함께
술에 밥 말아 먹어도 취하지 않던 시절을

모를 일이다. 이성복 시인의 시를 탐독하다가 이 시에 오래 머물렀다. 모를 일이다. 이 시를 스크랩해두고서 짬짬이 읽었지만 모를 일이다. 이 시가 왜 내 마음을 자꾸만 끌어당기는지. 두고두고 봐도 도무지 모를 일이다. 이런 걸 어떻게 설명할 수 있을까. 밀쳐 두었다가 생각나면 꺼내 읽고 또 밀쳐두길 거의 한 해가 갔다.

무기력해서 서러운 것 같고, 자학과 자책과 자포자기와 어떤 자살의 냄새까지도 풍겨서 더욱 서러운 것 같고, '내'가 아니고 '내 마음'이어서 더더욱 서러운 것 같다. 1970년대와 1980년대가 어른거리고, 청춘이 떠오르고, 모든 것이 가능할 것만 같던 헛된 꿈이 떠오르고, 끝내 뒷모습만 남은 사람이 떠오른다.

이 시를 대하면 그저 서럽다. 숱한 강을 건너온 것만 같은데 발은 아직 신발을 신은 채 거기 붙박여 있는 것만 같은 착각에 빠진다. 아, 나는 아직도 마음이 하는 일을 몸이 따라나서지 못하는 이상한 사람이다. 그거 밖에 아무것도 이 시에서 눈치채지 못하고 있다. 나도 모르는 내 마음을 이 시는 알고 있는 것만 같아서 더 서럽다.

낙화, 첫사랑

김선우

1

그대가 아찔한 절벽 끝에서
바람의 얼굴로 서성인다면 그대를 부르지 않겠습니다
옷깃 부둥키며 수선스럽지 않겠습니다
그대에게 무슨 연유가 있겠거니
내 사랑의 몫으로
그대의 뒷모습을 마지막 순간까지 지켜보겠습니다
손 내밀지 않고 그대를 다 가지겠습니다

2

아주 조금만 먼저 바닥에 닿겠습니다
가장 낮게 엎드린 처마를 끌고
추락하는 그대의 속도를 앞지르겠습니다
내 생을 사랑하지 않고는
다른 생을 사랑할 수 없음을 늦게 알았습니다
그대보다 먼저 바닥에 닿아
강보에 아기를 받듯 온몸으로 나를 받겠습니다

제목이 둘, 시가 둘, 두 편의 시가 한 폭에 앉아 서로 조응하고 있다. 얼핏 보면 1은 낙화, 2는 첫사랑이다. 그러나 곰곰 곱씹어보면 1이 첫사랑이고 2가 낙화다.

1에서는 꽃이 피고 지는 동안 지켜보는 냉가슴 첫사랑이 아릿하다. 먼 발치서 곁눈으로 가슴을 앓는 동안 꽃은 지고 사랑은 가슴에서 진다. 낙화의 모습에서 자신의 서툰 첫사랑을 본 것이다.

2에서는 가슴에서만 피고 진 첫사랑을 아프게 되짚는다. 언젠가 다시 꽃이 피고 진다면 그땐 "온몸으로" 따르겠다는 때늦은 참회록이다. "뒷모습을 마지막 순간까지 지켜보"는 것을 사랑으로 알던 자아를 넘어 동반 '추락'을 감행하겠다는 말이다. 스스로의 마음을 따라가는 것이 스스로를 사랑하는 것임을 깨달은 것이다. "다른 생을 사랑"하기 위해서는 나를 절벽에서 낙화인 듯 사뿐 내던질 줄 알아야 한다는 결기가 먹먹하게 다가온다.

1은 낙화와 서툰 첫사랑이고 2는 자신에 대한 첫사랑과 낙화. 한 폭 그림 속에 꽃이 진다. 난만하다.

늦가을

김사인

그 여자 고달픈 사랑이 아파 나는 우네
불혹을 넘어
손마디는 굵어지고
근심에 지쳐 얼굴도 무너졌네

사랑은
늦가을 스산한 어스름으로
밤나무 밑에 숨어 기다리는 것
술 취한 무리에 섞여 언제나
사내는 비틀비틀 지나가는 것
젖어드는 오한 다잡아 안고
그 걸음 저만치 좇아 주춤주춤
흰고무신 옮겨보는 것

적막천지
한밤중에 깨어 앉아
그 여자 머리를 감네
올 사람도 갈 사람도 없는 흐린 불 아래
제 손만 가만가만 만져보네

그 여자는 숨어 있고 사내는 지나간다. 사내가 앞서가고 그 여자가 가만가만 뒤따른다. 사랑에 우는 사내와 사랑의 뒷모습을 어루만지는 여자가 만나 사랑을 하면 이런 계절을 느끼는 것일까. 여의치 않은 삶을 견디어 가는 인생살이에서 그중 애틋하기는 사랑인가 보다. 섣부른 위로라도 전하고 싶지만 끝내 단정하고 야무져서 빈틈이 없다. 곧 눈이 쏟아질 것만 같은 겨울을 예감하지만 이런 행보라면 "흰고무신" 걸음으로 가만가만 봄까지도 어찌어찌 갈 것 같다.

내가 만난 계절 중에 가장 나이가 적은 것은 봄이다. 여름 출생이기 때문이다. 내가 두 살 때 한 살배기였다. 여름과 가을, 겨울은 나와 나이가 같다. 계절도 나이를 먹는다. 지금 보는 가을은 나처럼이나 머리가 성기고 희끗희끗하다. 내가 곧 계절이기 때문이다. 동갑내기 '늦가을'을 만날 때면 가만가만 물어봐야겠다. 이 시 어떠냐고.

병산서원에서 보내는 늦은 전언

서안나

지상에서 남은 일이란
한여름 팔작지붕 홑처마 그늘 따라 옮겨 앉는 일

　게으르게 손톱 발톱 깎아 목백일홍 아래 묻어 주고 헛담배 피워 먼 산을 조금 어지럽히는 일 햇살에 다친 무량한 풍경 불러들여 입교당 찬 대청마루에 풋잠으로 함께 깃드는 일 담벼락에 어린 흙내 나는 당신을 자주 지우곤 했다

　하나와 둘 혹은 다시 하나가 되는 하회의 이치에 닿으면 나는 돌 틈을 맴돌고 당신은 당신으로 흐른다

　삼천 권 고서를 쌓아 두고 만대루에서 강학(講學)하는 밤 내 몸은 차고 슬픈 뇌옥 나는 나를 달려 나갈 수 없다

　늙은 정인의 이마가 물빛으로 차고 넘칠 즈음 흰 뼈 몇 개로 나는 절연의 문장 속에서 서늘해질 것이다 목백일홍 꽃잎 강물에 풀어 쓰는 새벽의 늦은 전언 당신을 내려놓는 하심(下心)의 문장이 다 젖었다

"목백일홍 꽃잎 강물에" 점점 홍홍 흘러가는 걸로 봐서는 여름날인가. 모르겠다. 시의 분위기로 봐서는 사계절이 다 들어 있는 것 같기도 하고 아무 데도 없는 것 같기도 하다. 마음의 풍경인가. 이른 봄 해바라기 하는 마음이 보이는 듯도 하고, 늦가을 밤 어디선가 탄식 소리가 들리는 듯도 하다. 시 어디쯤에선가 서릿발이 느껴지는 듯도 하고, 봄날 아지랑이 같은 숨결이 감지되는 듯도 하다. 계절은 무슨 소용. 다만 인연, 오는 것들을 맞이하는 설렘이 어떤 짧은 만남의 격렬한 파동을 거쳐 마침내 떠나가는 것들의 잦아듦에 다만 처연할 따름이다.

사람의 발이 있기는 있는 걸까. 그늘을 따라 옮겨 앉는 일도 햇살을 따라 자리를 바꾸어가는 일도 다 헛된 것만 같다. "내 몸은 차고 슬픈 뇌옥 나는 나를 달려 나갈" 발이 없다. 결국 내려놓느니 마음이다. 은근 축축하다. 체감은 시리기까지 하다. 하긴, 사람 사이에 꽃잎이 지는데 봄가을을 가리겠는가 여름겨울을 나누겠는가.

생은 과일처럼 익는다

창문은 누가 두드리는가, 과일 익는 저녁이여
향기는 둥치 안에 숨었다가 조금씩 우리의 코에 스민다
맨발로 밟으면 풀잎은 음악 소리를 낸다
사람 아니면 누구에게 그립다는 말을 전할까
불빛으로 남은 이름이 내 생의 핏줄이다
하루를 태우고 남은 빛이 별이 될 때
어둡지 않으려고 마을과 집들은 함께 모여 있다
어느 별에 살다가 내게로 온 생이여
내 생은 나 혼자만의 것이 아니구나
나무가 팔을 벋어 다른 나무를 껴안듯
사람은 마음을 벋어 타인을 껴안는다
어느 가슴이 그립다는 말을 발명했을까
공중에도 푸른 하루가 살듯이
내 시에는 사람의 이름이 살고 있다
붉은 옷 한 벌 해지면 떠나갈 꽃들처럼
그렇게는 내게 온 생을 떠나보낼 수 없다
귀빈이여 생이라는 새 이파리여
네가 있어 삶은 과일처럼 익는다

척 봐도 이기철 시인의 시다. 그리움의 시인. 일흔 고개에서도 지치지 않고 그리움을 변주해내는 솜씨가 무결하고 고결하다. 숱한 그리움에 날밤 새워도 여전히 풀지 못한 그리움이 있는 까닭이다. 사람 아닌 다른 그리움에 가닿는 마음의 코빼기는 고사하고, 그리움이란 언어를 최초로 발명한 가슴의 뒤꿈치도 못 보았다고 고백하고 있다. 외롭다는 증거다.

그런데 이 시는 좀 다르다. 인생의 저녁이 오고 꽃이 지는 시간이 되어도 도무지 어두워지지도 않고 도대체 질 줄도 모르는 그리움의 끈을 얼마간 풀고 있다. 꽃이 지고 어둠은 짙어졌지만, 불빛으로 별빛으로 살가운 "내 생의 핏줄" 같은 것이 찾아왔기 때문이다. 단란한 풍경이다. "생이라는 새 이파리가" 함께하는 밤에서야 그리움을 내려놓고 비로소 익어간다는 깨달음이다. 무르익으면 지는 법. 한 몸 같던 그리움도 지지 않으면 지울 수도 있다는 말이겠다. 누군가를 그리워하며 기다렸다면 창문을 두드리는 소리는 더할 나위 없이 반가운 일인 것이다.

봄, 가지를 꺾다

박성우

상처가 뿌리를 내린다

화단에 꺾꽂이를 한다
눈시울 적시는 아픔
이 악물고 견뎌내야
넉넉하게 세상 바라보는
수천개의 눈을 뜰 수 있다

봄이 나를 꺾꽂이한다
그런 이유로 올봄엔
꽃을 피울 수 없다 하여도 내가
햇살을 간지러워하는 건
상처가 아물어가기 때문일까

막무가내로 꺾이는 상처,
없는 사람은 꽃눈을 가질 수 없다
상처가 꽃을 피운다

상처도 견딜 수 있을 때까지가 상처다. 스스로가 상처를 치유할 의지가 없거나 환경이 마련되지 않으면 치명상으로 이어지기 십상이다. 제아무리 꺾꽂이 번식이 가능한 존재라도 한겨울 들판에서는 살지 못하는 법이다.

봄에는 죽어 있던 나무와 풀이 되살아난다. 꺾꽂이, 모체에서 떨어져 나온 가지도 토양과 환경이 마련되면 뿌리 내리고 가지 뻗는다. 꺾인 곳의 상처는 존재가 주체를 가지기 위한 전초전의 흔적이다. 뿌리 내리면 '곶 됴코 여름 할' 것이다.

인생을 사계절로 나누면 봄은 젊음의 길목까지다. 인생의 봄은 상처를 쉽게 입을 수 있지만 쉽게 아물기도 한다. 상처를 자양분으로 환원할 수 있는 에너지를 지녔기 때문이다. "꽃을 피운다"는 것은 열매를 기약하는 희망을 본다는 것이다. 상처는 희망 속에서 치유할 수 있는 것이다.

요즘, 인생의 봄날인데도 햇살을 느끼지 못하고 일찍 상처에 굴복당한 어린 영혼들 소식을 자주 듣는다. 자연에서 인생의 진리를 배울 수 있는 기회가 적은 것도 한 이유일 것이다. 춘래불사춘, 눈 내리고 더러 춥기도 하는 봄이지만 꽃들은 발발 떨며 피기도 하는 것이다. 아랑곳없이, 눈부시게.

데드 슬로우

김해자

큰 배가 항구에 접안하듯
큰 사랑은 죽을 만큼 느리게 온다
나를 이끌어다오 작은 몸이여,
온몸의 힘 다 내려놓고
예인선 따라 가는 거대한 배처럼
큰 사랑은 그리 순하고 조심스럽게 온다
죽음에 가까운 속도로 온다

가도 가도 망망한 바다
풀 어헤드로 달려왔으나
그대에게 닿기는 이리 힘들구나
서두르지 마라
나도 죽을 만치 숨죽이고 그대에게 가고 있다
서러워하지 마라
이번 생엔 그대에게 다는 못 닿을 수도 있다

세상에서 가장 전염성이 약한 바이러스가 큰사랑이지 않을까 생각한다. 그만큼 감염되기도 힘들고 퍼뜨리기도 힘들다. 유사 이래로 큰 가르침을 내세웠던 성인들이 마르고 닳도록 강조했던 큰사랑. 피로, 고행으로, 실천 궁행으로 전염시켜 보려 했지만 세상은 여전히 건실한 항체들의 대행진이다. 갈라섬과 반목과 질시, 약탈과 억압과 전쟁이 끊이지 않는다. 그렇게 살포한 큰사랑 바이러스는 사람들에게 힘 한 번 제대로 쓰지 못하고 있다. 면역결핍이 되면 좋을 것은 왜 잘 안 되는가. 항체들의 굳히기가 공고하다.

큰사랑은 나보다는 남, 기쁨보다는 슬픔을 끌어안는, 행복보다는 불행을 다독이는, 넘침을 덜어 모자람을 채우는, 밝음을 내어 어둠을 밝히는 것이다. 그런 세상을 "이번 생"에서 보기란 시인의 말처럼 어려울 것 같은 요즘이다.

역사를 거슬러 올라가면 큰사랑의 탄생 지점이 나타난다. 바로 지배이데올로기의 반대쪽에서 태어난 것을 알 수 있다. 서로 사랑하는 것을 제거해온 것이 지배 쪽이요, 서로 사랑하며 살자고 움직여온 것이 지배를 받는 쪽이다. 시에 큰사랑이 깔린 것을 보면 시의 생산 지점을 알 수 있다. 그런 의미에서 시는 비주류다. 항체가 없으면 좋을 큰사랑의 바이러스다.

숨거울

손택수

그 어느 핸가 나는
죽어가는 사내의 코끝에 손거울을 대고
흐린 거울이 점점 맑아져가면서
한 생이 흐릿하게 지워져가는 걸
지켜본 적이 있네
그의 마지막 숨결로 닦은
거울을 품고
나는 얼마나 많은 날들을 스쳐 지나왔던가
그사이 나는 내게로 왔다가
숨을 얻지 못하고 떠난 이름들을
헤아리곤 하네 맑게 갠 거울 속
숨소리에 가만히 귀를 기울이며
수면 위에 피어나는 안개처럼
희붐한 숨결을 더해보곤 하네

숨은 얼마나 소중한가. 공기처럼 우리가 잊고 살아가는 것 중 하나다. 딴 건 몰라도 이 건 우리 몸을 떠나면 끝이다.

세상 모든 살아 있는 것들은 숨을 쉰다. 보기엔 빈틈이 없을 것 같은 얼음장도 숨구멍이 있다. 저 대지도 숨 쉴 구멍이 있어서 끊임없이 들숨 날숨을 반복한다. 아지랑이 같은 것이 좋은 예다.

사람은 부모의 몸을 빌려 숨을 물려받고, 그 숨을 쉬면서 살다가 자식에게 물려주고 숨을 쉰–멈춘–다. 이 세상이 이어지는 것은 숨의 순환이 있기 때문이다. 숨은 잠시 쉬거나 오래 쉬는 차이가 있어 삶과 죽음이 있을 뿐이지 그 기운은 사라지지 않는다.

때로 이 시처럼 물려받은 숨을 물려줄 몸을 얻지 못해 아픈 숨이 있다. "내게로 왔다가/숨을 얻지 못하고 떠난" 생명 이전의 생명을 그리는 시인의 애절한 숨결이 깃든 시다. 시를 읽다가 잠시 숨이 멎는다.

너의 눈

김소연

네 시선이 닿은 곳은 지금 허공이다
길을 걷다 깊은 생각에 잠겨 집 앞을 지나쳐 가버리듯
나를 바라보다가, 나를 꿰뚫고, 나를 지나쳐서
내 너머를 너는 본다
한 뼘 거리에서 마주보고 있어도
너의 시선은 항상 지나치게 멀다

그래서 나는
내 앞의 너를 보고 있으면서도
내 뒤를 느끼느라 하염이 없다

뒷자리에 남기고 떠나온 세월이
달빛을 받은 배꽃처럼
하얗게 발광하고 있다

내가 들어 있는 너의 눈에
나는 걸어 들어간다

그 안에서 다시 태어나 보리라
꽃 피고 꽃 지는 시끄러운 소리들을
더 이상 듣지 않고 숨어 살아보리라

도연명이 「음주飲酒」라는 시에서 그랬던가. 마음이 멀어지면 사는 곳도 절로 외지게 된다[心遠地自偏]고. 자동차 소리가 요란한 곳에 살아도 그 소리가 전혀 들리지 않을 정도라 하니 가히 한 도 튼 이야기다.

꽃들이 서로 이야기를 주고받을지도 모른다. 그런 소리까지 듣게 된다면 우리 귀는 엄청 시끄러울 것이다. 어디 가서 조용히 쉴 수 있으랴. 그 소리를 들을 수 없는 귀를 가져서 다행이다.

문제는, 꽃들이 피고 지는 소리를 마음으로 듣는다는 것이다. 무슨 노래처럼 울고 웃게 되는 것도 꽃의 말을 내 마음대로 들었기 때문이다. 아름다운 것들로부터 상처를 받는다는 것은 더 아픈 일이다. 옛 시인이나 지금 시인이나 잘 안 되는 일들을 견디는 방법은 같은 모양이다. 어깃장을 놓아 보는 것이다. 얼굴 옆에 달린 귀는 몰라도 마음의 귀는 막기 어렵다는 말이다.

© 이석배

오서산

누가 이 커다란 지구를 이곳에 옮겨왔을까
파도는
그때 그 출렁임이 아직 가시지 않은 걸 거라
아무렴,
이 커다란 지구를
물잔 옮기듯 그렇게 옮길 수는 없었을 거라
까마귀는 산마루 넓은 줄 어떻게 알고
여기까지 살러 왔을까
억새밭 드넓고 바람길 길게 휘어져
활강하기 좋은 산,
오서산(烏棲山)
야옹야옹 괭이갈매기 아들 부르는 소리 들으며
까옥까옥 까마귀 딸 키우는 산
살아야지
머리칼 날려 이마에 땀 씻기니,
미움은 미움대로 바라봐야지
오늘까지 지구가 둥글다는 것 알지 못했거니
오늘 오서산에 와서 배운다
둥글다는 건
공 같다는 것이 아니라
툭,
트였다는 것

시는 반대말을 찾는 구석이 있다. 어둠에서는 밝음을 지향하고, 눈물에서는 웃음을 생각하고, 억압에서는 해방을 생각한다. 밝음에서는 어둠을 염려하고, 웃음에서는 눈물을 기억하고, 자유로울 때는 억압을 되새긴다. 그러나 대체로는 낮고 외롭고 쓸쓸하고 서러운 곳에서 그 반대쪽으로 촉수를 내밀어 가는 버릇을 지녔다.

이 시도 마찬가지다. 일견, 아주 다감한 듯 보이는 시지만 속내는 그렇지가 않다. 이런 세상에서 아들딸 키우며 살아가기가 쉽지 않다는 뜻이다. 실상은 모나고, 막막한 삶의 언저리에 올라 있으면서 애써 둥글고 탁 트인 곳이라 고집하고 있다.

시인이 이 시를 쓴 지가 꽤 흘렀으므로 지금쯤은 삶 속에서 좀은 둥글고, 얼마간은 트인 맛을 느끼며 살 것이라 믿는다. 삶은 간절한 쪽으로 옮겨가는 버릇 또한 있으므로.

미친 약속

문정희

창밖 감나무에게 변하지 말라고 할 수는 없는 일이다
풋열매가 붉고 물렁한 살덩이가 되더니
오늘은 야생조의 부리에 송두리째 내주고 있다
아낌없이 흔들리고 아낌없이 내던진다

그런데 나는 너무 무리한 약속을 하고 온 것 같다
그때 사랑에 빠져
절대 변하지 않겠다는 미친 약속을 해버렸다

감나무는 나의 시계
감나무는 제자리에서
시시각각 춤추며 시시각각 폐허에 이른다

어차피 완성이란 살아 있는 시계의 자서전이 아니다
감나무에게 변하지 말라고 할 수는 없는 일이다

빅토르 위고는 청소년 시절에 자신의 일기장에 "샤토브리앙처럼 살 것, 그렇지 않으면 아무것도 되지 않겠다"고 한 약속을 평생 지키며 살았다. 샤토브리앙은 당시 청소년들의 우상이었다. 문인이자 정치가였다. 프랑스 대혁명기의 샤토브리앙이 그랬듯 위고도 문인으로서는 행복했고 정치가로서는 불행했다.

사람이 세상 살면서 두 가지 분야에서 정점에 이르기가 거의 불가능하다. 문인으로 정상을 경험한 위고는 십 년간 글을 쓰지 않고 정치활동을 했다. 결국 '2월 혁명' 때 추방되어 18년간 이방을 떠돌며 고초를 겪었다. 이때 그는 문인으로 돌아가 「레 미제라블」 등을 썼다. 귀국 후 문인으로 추앙받으며 여생을 살았다. 그는 문인이었던 것이다.

감나무가 계절 따라 변하는 것 같지만 해마다 감나무로 거듭난다. 우여곡절을 겪는 인생도 결국 저마다의 몫을 감당하며 사는 것이다. 욕망을 부릴 때와 내려놓을 때를 알아야 한다는 말이다.

감나무가 잎을 버리고 있다. 곧, 홍시도 하나둘 사라져 갈 것이다. 까치밥까지 남김 없을 것이다. 정상을 구가하고 돌아서는 모습이 저러해야 할 것이다.

여자비

안현미

아마존 사람들은 하루종일 내리는 비를 여자비라고 한다
여자들만이 그렇게 울 수 있기 때문이라고 한다

울지 마 울지 마 하면서
우는 아이보다 더 길게 울던 소리
오래전 동냥젖을 빌어먹던 여자에게서 나던 소리
울지 마 울지 마 하면서
젖 먹는 아이보다 더 길게 우는 소리
오래전 동냥젖을 빌어먹던 여자의 목 메이는 소리

'~이라고 한다'는 이 시의 화법을 빌려 나도 거들 말이 있다. '자비慈悲'라는 말이 있다. '慈'의 상형은 아이에게 젖을 먹이며 그윽한 눈으로 바라보는 어머니의 모습이라고 하고, '悲'의 상형은 배고파 우는 아이에게 마른 젖을 물리며 피눈물을 흘리는 어머니의 모습이라고 한다. 이 모순된 글자들을 한데 묶어 최선의 사랑이라고 한다.

기쁨을 사랑하는 것은 당연하다. 그러나 진짜 사랑은 슬픔까지 사랑하는 것이다. 도망치지 않는다. 세상 누구도 어느 누구의 아픈 몸을 대신 아파 줄 수는 없지만, 같이 할 수 있어야 한다. 배고픈 아이를 보거든 먹을 것을 찾아주고, 마음이 아픈 사람을 보거든 같이 눈물을 흘려주는 것이 자비다. 무연자비無緣慈悲. 인연이 없을수록 더.

이 시처럼 세상에는 배고파서 울음을 멈추지 못하는 아이가 있고, 그 아이를 안고 아이보다 더 길게 우는 어미가 있다. 이 아픈 사랑을 외면하는 기쁜 사랑은 어디에 있는가. '慈'와 '悲'는 늘 말로만 하나로 묶여 있지 현실은 따로국밥이다. 이 시에서처럼 아이만이라도 배가 부를 수 있다면 자신은 굶어 죽어도 좋은 어미의 혀를 씹는 슬픈 사랑만이 외롭다. 여자비, 여'慈悲', 혹독하게도 내 눈에는 여전히 여자'悲'로 보인다.

수평선에의 초대

삶이란 게, 단 한 번 지구 위로 받은 초대라는 생각을 문득 합니다. 달빛이 고요를 항해하는 바다에서는 특히 더합니다. 아직까지 자연보다 더 훌륭한 책을 본 적은 없습니다. 지구는 우주의 오아시스입니다. 바다는 지구의 오아시스입니다. 오늘도 인류는 파아란 별 위에서 타락했습니다. 별 촘촘 싹트는 대양에서, 삶이란 게 지구 위로 초대받은 축제라는 생각을 밑도끝도없이 하곤 합니다.

2005년 4월 어느 날 나는 인도양에 있었다. 하늘과 바다로 양분된 세상의 한가운데를 천천히 관통하고 있었다. 거대한 컨테이너선은 일주일을 달려도 늘 하늘과 바다의 한가운데에 놓인 듯했다. 누가 지구라 했는가. 내 눈엔 수구(水球)였다. 끝도 없는 우주에 떠 있는 거대한 물 한 방울이 내가 지나는 세상의 전부였다. 수평선은 한눈에 봐도 완만한 곡선이었다. 수곡선(水曲線)이라고나 할까. 마치 물로 된 거대한 공 위에 서 있는 느낌이랄까. 물은 또 얼마나 푸른가. 사파이어를 녹여 인도양을 채우면 그런 빛깔이 나올까.

"오늘도 인류는 파아란 별 위에서 타락했"다고 시인은 말한다. 나도 인도양 위에서 수도 없이 그런 생각을 했다. 벌레 한 마리가 죽어가는 모습을 보고 출가를 결심한 성인의 마음을 이해했다. 그 절대의 신성 공간 어느 한 곳에도 침을 뱉어서는 안 될 것만 같았다. 밤이면 하늘의 별들과 바다에 내린 별들이 벌이는 한바탕 빛의 축제, 그 안에선 "삶이란 게 지구 위로 초대받은 축제"가 딱 들어맞는다. 그런데 어찌하여 문명 속으로 복귀하면 까맣게 잊고 마는지. 아무 데나 침을 탁탁 뱉게 되는지.

우주의 변화에 마음을 기울이고 받아 적으면 이런 시들이 될 것이다. 박용하 시인은 우주 자연의 스러움에, 그 흐름에 영혼과 몸을 맡기고 일렁이며 시를 읊조린다. 인도양에 떠 있는 나뭇잎 배를 닮았다.

02

오늘 나는
한 여자를 사랑하게 됐다

파꽃

안도현

이 세상 가장 서러운 곳에 별똥별 씨앗을 밀어올리느라 다리가 퉁퉁 부은 어머니,

마당 안에 극지(極地)가 아홉 평 있었으므로

아, 파꽃 앞에 쪼그리고 앉아서 나는 그냥 혼자 사무치자

먼 기차 대가리야, 흰나비 한 마리도 들이받지 말고 천천히 오너라

어릴 때 누나는 내게 물었다. 세상에서 가장 예쁜 꽃이 뭐냐고. 나는 대답했다. 파꽃. 아직까지 시 쓰지 않았다.

파꽃에서 어머니를 보다니. 우리를 "이 세상 가장 서러운" 곳에 옮겨오고, 만삭의 몸으로도 일하느라 다리가 퉁퉁 붓고, 끝내 '별똥별'처럼 떠나보내고, 때를 봐서 천천히 허물어지는 어머니의 모습에서 파꽃을 보다니. 사무친다.

가장 오래된 목조 건축물인 봉정사 극락전의 기둥은 배흘림이다. 파의 꽃대를 빼다 박았다. 생명을 낳고 기르느라 어떤 고통에도 버티고 살아가는 어머니의 퉁퉁 부은 다리도 배흘림이다. 역시 파의 꽃대를 닮았다.

파의 꽃대는 무거운 꽃을 이고 있다. 배흘림 꽃대는 무거운 것을 상쇄시키는 힘을 지녔다. 무거워 보이는 지붕을 감당하는 모습의 배흘림기둥과 닮았다. 어머니의 다리도 배흘림이다. 하지만 힘에 겨워 퉁퉁 부은 다리라 생각하면 사무친다. '흰나비'까지 사뿐 받아 이는 모습이라니.

옛 노트에서

장석남

그때 내 품에는
얼마나 많은 빛들이 있었던가
바람이 풀밭을 스치면
풀밭의 그 수런댐으로 나는
이 세계 바깥까지
얼마나 길게 투명한 개울을
만들 수 있었던가
물 위에 뜨던 그 많은 빛들,
좇아서
긴 시간을 견디어 여기까지 내려와
지금은 앵두가 익을 무렵
그리고 간신히 아무도 그립지 않을 무렵
그때는 내 품에 또한
얼마나 많은 그리움의 모서리들이
옹색하게 살았던가
지금은 앵두가 익을 무렵
그래 그 옆에서 숨죽일 무렵

한겨울 앵두나무라면 얼마나 오랜 시간을 견뎌야 "앵두가 익을 무렵"을 맞이할 수 있을까. 대설, 동지, 소한, 대한, 입춘, 우수, 경칩, 춘분, 청명, 곡우, 입하, 소만 지나 앵두가 익어가는 망종 무렵까지 어찌나 많은 시간이 남았는가. 무슨 씨앗처럼 웅크린 채 겨울나고, 밭 갈아 씨 뿌리고, 모내고 돌아앉아 호미 씻고 한숨 돌리는, 그, 단오 무렵…….

인생의 사계를 생각해본다. 목하 겨울에 접어든 사람들을 떠올려본다. 얼마나 많은 날을 그리워하며 지내야 "앵두가 익어갈 무렵" 비로소 한숨 돌리고 잠시나마 지난날을 돌아보는 시간을 가질까. 그렇게도 그리워한 것들과 앵두처럼 곁하여 "간신히 아무도 그립지 않을 무렵"이 될 수 있을까. 그러기까지 얼마나 많은 그리움이 까무러치거나 초주검이 되어야 할까.

아무리 생각해도 인생이란 가혹하게도 자연스럽다. 그런 시간을 반드시 겪어야만 향긋한 앵두 향에 잠시나마 위안을 얻을 수 있다니. 당신은 지금 겨울을 나고 있는가. 그렇다면 옹색하게도 무언가를 그리워할 시간. 시간은 얼어있는 듯하지만, 알게 모르게 뻘뻘 땀 흘리며 흘러가고 있는 것이 분명할.

길

나무 사잇길이 밝게 부르는 것 같다.
흐르는 마음이 닦아서 편편해지는 게 길의 힘이어서
산비탈도 길로 내려서면 나른해진다.

길의 출발점이자 종착점인 집에서 나와
가출의 그림자가 길어지는 오후,
아무도 내다보지 않는 기척에도 귀 기울이며
사람들은 제 설렘들을 몰래 그 길에 내어널어 말린다.

사람들이 오간 기억으로 길은 굽이친다.
아침에 길 쓸며 제 갈 길 닦은 이는 제 길의 은짬*에서 낮에
죽고
　누가 그를 길 없는 비탈로 밀어 올리는지 가파른 산길이 새
로 생겨난다.
　그 길은 추억들로 환해지다 닫히리라.
　바람도 한동안은 그 길로 해서 산자들의 마을길을 기웃거
리리라.
　아침에 또 누가 그런 바람이 부산하게 다녀간 길을 쓴다.

* '중요한 대목'이란 의미의 방언.

"길의 출발점이자 종착점인 집"을 무심코 오가는 일상을 삶의 일부라고 할 수 있을 것이다. 그러나 이런 사소한 일상도 느닷없는 곳에서 멈추고 나면 다시는 오갈 수 없는 소중한 길로 남을 것이다. 김소연 시인의 시 「막차의 시간」에는 이런 일상을 "아침이면 방에서 나를 꺼냈다가/밤이면 다시 그 방으로 넣어주는 커다란 손길/은혜로운" 그 무엇이 있다고 표현하고 있다. 그러나 아무리 은혜로운 손길도 유한한 인생의 손목을 영원히 잡을 수만은 없을 것이다. 그 손길을 놓치고서야 사무칠 손길이다.

이 시를 읽다 보면 어느 '은짬'에 가서는 느닷없이 구성진 상엿소리가 요령 소리를 타고 들려온다. 일상으로 오가던 길 위의 인생이 사설로 풀어지고, 한 번 가면 다시는 돌아오지 않을 "가파른" 북망산 노정이 꿰어진다. 다시 말해서 이 시는 어떤 드라마틱한 삶의 이승과 알지 못할 저승의 이야기를 길이라는 이미지에 농축한 상엿소리다. 이하석 시인 특유의 묘사가 가진 힘이다.

기억제 1

정현종

금인 시간의 비밀을 알고 난 뒤의
즐거움을 그대는 알고 있을까
처음과 끝은 항상 아무것도 없고
그 사이에 흐르는
노래의 자연
울음의 자연을.
헛됨을 버리지 말고
흘러감을 버리지 말고
기억하렴
쓰레기는 가장 낮은 데서 취해 있고
별들은 天空에서 취해 있으며
그대는 중간의 다리 위에서
어쩔 줄을 모르고 있음을.

그대는 시간의 소중함을 모르는 사람이라고 핀잔을 주고 있다. 순환성(처음과 끝=생성과 소멸)도 모르며, 삶의 궤적에는 기쁨과 슬픔이 자연스럽게 오간다는 것도 못 느끼는 사람이라고 나무라고 있다. 그대에게, 혹은 스스로에게, 시간을 금쪽같이 쓰면 즐거움을 낳는다는 비밀을 누설하고 있다.

금은 오행상 가을이며 결실을 상징한다. 시간은 그냥 헛되이 흘러가는 법이 없으며 어떤 식으로든 결과를 가져다준다는 의미다. 그대가 시간의 "다리 위에서 어쩔 줄을 모르고 있"을 때도 시간은 흘러가서 반드시 "어쩔 줄 모르"는 결과를 가져다주는 것이라고 각인시키고 있다. 헛됨과 덧없음조차도 소중하게 여겨야 한다는 것이다. 덧없이 꽃 질 줄 아는 봄 나무가 열매로 아름찬 가을 나무가 되는 이치다.

가장 낮은 곳에서 가장 높은 곳으로 가는 다리가 있다. 올려다보는 아득함과 뒤돌아보는 아찔함이 공존하는 지점에 그대가 서 있다. 하루로 보면 한낮이고, 한 해로 보면 한여름이고, 인생으로 보면 막 청춘을 벗어난 지점이다. 인생은 별을 따러 가는 상행과 별을 품고 돌아오는 하행이 있다. 아무것(쓰레기)도 아닌 것에서 출발하여 그 무엇(별)으로 향하는 순간 인생은 서서히 반짝이며, 반짝이는 그 무엇을 따서 품고 돌아서는 순간 인생은 천천히 빛을 잃는다. 그럴 줄 알아야 한다. 별과 쓰레기의 순환, 그대는 지금 어디쯤에서 난간을 짚고 취해 있는지.

ⓒ이시배

높새바람같이는

이영광

나는 다시 넝마를 두르고 앉아 생각하네

당신과 함께 있으면, 내가 좋아지던 시절이 있었네

내겐 지금 높새바람같이는 잘 걷지 못하는 몸이 하나 있고,

높새바람같이는 살아지지 않는 마음이 하나 있고

문질러도 피 흐르지 않는 생이 하나 있네

이것은 재가 되어가는 파국의 용사들

여전히 전장에 버려진 짐승 같은 진심들

당신은 끝내 치유되지 않고

내 안에서 꼿꼿이 죽어가지만,

나는 다시 넝마를 두르고 앉아 생각하네

당신과 함께라면 내가, 자꾸 내가 좋아지던 시절이 있었네

이 세상에 사계절이 있듯이 우리 삶에도 봄, 여름, 가을, 겨울이 있다. 사람마다 느끼는 시점은 차이가 있지만 자기만의 계절 기운을 체감하며 살아가고 있다. 지금 그대는 어느 계절에 서 있는가. 이 나라는 어느 계절을 지나고 있는가.

사랑도 얻음과 잃음이 있듯이 전쟁도 그럴 것이다. 무엇을 잃은 이나, 무엇을 얻은 이의 공통점은 뭔가 다르게 시작하는 지점에 있다는 것이다. 잃은 이는 희망의 씨를 심고, 얻은 이는 위로의 마음을 내야 한다. 그것이 더불어 사는 모습이다.

하늘의 뜻이 계절을 굴려 간다. 사람의 일은 겸손해야 한다.

짐
어머니학교 6

기사 양반,
이걸 어쩐댜?
정거장에 짐 보따릴 놓고 탔네.

걱정 마유. 보기엔 노각 같아도
이 버스가 후진 전문이유.
담부턴 지발, 지발 짐부터 실으셔유.

그러니께 나부터 타는 겨.
나만 한 짐짝이
어디 또 있간디?

그나저나,
의자를 몽땅
경로석으로 바꿔야겠슈.

영구차 끌듯이
고분고분하게 몰아.
한 사람 한 사람이
다 고분이니께.

이렇게 입담 좋은 사람은 다름 아닌 시인의 어머니다. 입담 하면 이정록 시인도 둘째가라면 서러워한다. 내림이다.

배운 것의 넘침과 모자람은 입담과는 상관없다. 적어도 내가 아는 입담 가들은 대개 긍정하는 마음이 깊다. 일이 힘들어도, 몸이 아파도, 재수가 없어도 절묘하게 상황을 받아친다. 어차피 힘든 일이면 즐겁게 하자는 것이다. 어차피 아플 몸이면 맘이라도 웃자는 것이다. 어차피 뒤집어쓸 거라면 웃어넘기자는 것이다. 입담은 고통을 많이 겪어본 솜씨가 하는 말이다. 입담은 듣는 사람은 물론이고 하는 사람 스스로를 위로한다. 입담이 시가 되는 까닭이다.

가여운 나를 위로하다

박두규

　　툇마루에 앉아 강물을 바라본다. 의심도 없이 그대를 좇아
온 세월은 아직도 강물을 거슬러 오르고 있다. 그대의 환영幻
影을 노래한 시詩들도 은어의 무리처럼 거침없이 따라 오른
다. 이승의 시간이 다하기 전, 그대를 한번 만날 수 있을 거라
는 이 생각만이 아직도 늦지 않았다. 나는 이미 강의 하류에
이르렀건만 지금도 강물을 거슬러 오르는 이 허튼 생각만이
남아 가여운 나를 위로한다.

삶이란 강물처럼 흘러가는 것이고, 거기에 몸을 맡긴 채 속절없이 따라가 보는 것이라는 말인가. 그런데 그렇게 만나고 싶은 그대는 앞에 있는 것이 아니고 정작 뒤에 남은 것이라는 말인가. 흘러갈수록 자꾸만 멀어지는 것이란 말인. 숱한 그리움을 풀어내면 그것들은 은어처럼 그대를 찾아 거슬러 올라가고 정작 나는 자꾸만 멀어지며 흘러가 버린단 말인가. "의심도 없이 그대를 좇아"온 세월이라 믿었는데 그대와는 점점 멀어지고 말았다니, 인생의 막바지에 이르러 깨달았지만 '허튼 생각'을 지울 수가 없다니, 그렇게나마 '가여운 나를' 위로할 수밖에 없다니. 회귀하는 본능이라는 것이 그렇게도 절박한 것이었나.

탯줄을 끊고 강물을 따라나선 길. 강물을 따라가며 굽이굽이 숱하게 만나고 헤어진 마음자리들. 끝까지 동행할 수 없었던 숱한 그리움들에게 느지막이 소식 전하는 마음이 그 마음을 위로하고 있다.

오늘 나는

오늘 나는 흔들리는 깃털처럼 목적이 없다
오늘 나는 이미 사라진 것들 뒤에 숨어 있다
태양이 오전의 다감함을 잃고
노을의 적자색 위엄 속에서 눈을 부릅뜬다
달이 저녁의 지위를 머리에 눌러 쓰면 어느
행인의 애절한 표정으로부터 밤이 곧 시작될 것이다
내가 무관심했던 새들의 검은 주검
이마에 하나 둘 그어지는 잿빛 선분들
이웃의 늦은 망치질 소리
그 밖의 이런저런 것들
규칙과 감정 모두에 절박한 나
지난 시절을 잊었고
죽은 친구들을 잊었고
작년에 어떤 번민에 젖었는지 잊었다
오늘 나는 달력 위에 미래라는 구멍을 낸다
다음 주의 욕망
다음 달의 무(無)
그리고 어떤 결정적인
구토의 연도
내 몫의 비극이 남아 있음을 안다
누구에게나 증오할 자격이 있음을 안다
오늘 나는 누군가의 애절한 얼굴을 노려보고 있었다
오늘 나는 한 여자를 사랑하게 됐다

오늘 여기 내가 있다. 나는, 과거는 다 잊고 미래는 다 알고 있는 성격을 지녔다. 현실은 무관심이다. 오직 하나 절박한 행위는 "누군가의 애절한 얼굴을 노려보고 있"는 것이며, 절실하게도 하루 종일 몸과 마음을 이동하여 "한 여자를 사랑하게" 되는 것에 이른다. 오늘 내가 한 행위의 전모다.

다시 말해서, 오늘 여기 내가 있다. 한 여자에게 꽂혔으며, 한 여자를 사랑하게 되었다. 어떤 과거도 깡그리 무시하고, 무슨 미래라도 다 감당할 각오다. 한 여자의 얼굴에 꽂힌 시선 밖의 각도는 모두 지워지고 없다. 집중과 외곬이다.

오직 너. 격렬한 사랑일수록 어둠이 예비된 길을 마다하지 않는다. 어둠을 건너가야만 맨얼굴의 사랑을 확인할 수 있기 때문이다. 그 사랑은 여자일 수 있고, 시대일 수 있고, 한 세상일 수 있다. 대상이 무엇이든 결행이란 늘 무모해서 아름답다. 사랑을 위하여 어둠 속으로 몰입해 들어가는 과정은 그리하여 번제를 닮았다.

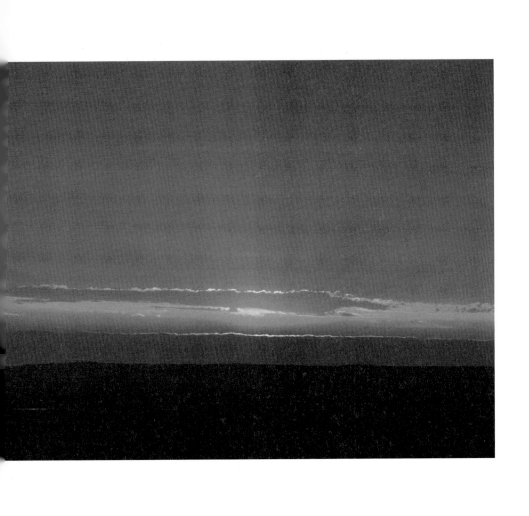

영영이라는 말

장옥관

어머니 마흔번째 제사 모신 날

자리에 눕다가 문득 떠오른 생각,
나 죽기 전에 다시는 엄마를 만날 수 없구나 여태껏 한 번
도 공들여 생각해보지 못한 생각, 내 생애엔 정말로 엄마를
다시 볼 수 없구나

그것이 죽음이라는 걸, 그 어린 나이가 어찌 알았으랴

그렇다 하더라도 너무 가혹하지 않은가 나 땅에 묻히기 전
에 어머니 얼굴 영영 다시 볼 수 없다니

새삼 사무친다, 영영이 얼마나 무서운 말인지

얼마나 무서웠는지
로션조차 안 바른 맨 얼굴의 이런 시를 나는 쓴다

시인들이 자주 쓰는 재료로 결핍과 부재가 있다. 결핍은 얼마간 남은 것이 있고 또 채울 여지가 있다. 그래서 희망으로 결핍의 시간을 견딘다. 하지만 부재는 되돌릴 수 없다. 그래서 긍정으로 부재의 공간을 안는다. "영영이라는 말"은 부재 앞에 놓일 때 제격이다. 부재의 뼈아픈 긍정과 깨달음의 문장은 '영영이라는 말'이 이끌 때 참혹하게 완성된다. 소름이 돋는다.

공교롭게도 나 또한 내 어머니의 마흔 번째 제사를 모신 적이 있다. 살아서 다시 못 보게 될 얼굴인 줄 열한 살의 "나이가 어찌 알았으랴". 나이드는 쪽으로 살면서 비로소 다시 못 볼 얼굴인 줄 알았지만 "영영 다시볼 수 없다"고 생각하니 아닌 게 아니라 "새삼 사무친다". 맨얼굴의 이 시에 기대어 나도 맨얼굴 풍으로 토를 달며 어머니의 부재를 달래본다. "영영이라는 말"의 '친어머니'는 이제 장옥관 시인이다. 이 말을 이렇게 참하게 낳을 시인은 영영 없을 테니까.

물수제비

박현수

말없음표처럼
이 세상
건너다 점점이 사라지는
말일지라도
침묵 속에 가라앉을 꿈일지라도
자신을 삼켜버릴
푸르고 깊은 수심을 딛고
떠오를 수밖에 없다
떠올라
저 끝을 가늠해볼 수밖에 없다
수면과 간신히 맞닿으며
한 뼘이라도
더 나아가기 위해

수평선을 닮아야 한다, 귀는

옛날이 남아 있는 마을에 가보면 살림집과 무덤이 이웃하고 있는 것을 볼 수 있다. 사는 자리나 죽는 자리나 거기서 거기다. 자연의 숨결을 따라 살았던 조상들의 세계관이다. 무덤은 아이들에게는 훌륭한 놀이터요, 청춘 남녀들에겐 오붓한 연애 장소요, 후손들에겐 신성한 제의의 공간이기도 하다. 분별하지 않는 삶의 원형이다. 그곳은 하늘이 우리를 이 세상, 이 땅에 '물수제비' 뜨고, 우리는 "자신을 삼켜버릴" 이 땅에서 통통거리며 뛰어다니다가 제각각 힘이 다하는 어디쯤서 "침묵 속에 가라 앉"는 땅 밑, 말하자면 물수제비의 물 밑과도 같은 처소다. 이렇게 비춰보면 이 시는 물수제비 하나로 삶과 죽음을 두루 짚어내는 데 아무런 손색이 없다고 하겠다.

한편 '물수제비'는 강을 건너는 것이 목적이 아니라 물을 차고 날아오르는, 나아가는 데 제 뜻이 있다는 말이기도 하다. 수평과 속도의 균형이 지속 가능한 인생을 꿈꾼다. 그러나 인생의 궤적은 끝내 침묵으로 용해되고야 말, 자취는 말없음표로 남아 점점이 사라지고야 말, 야멸차게도 차례차례 순서대로 허무하다? 아니다. 난데없이 "수평선을 닮아야 한다. 귀는"이라는 덜컥수의 저항은 일순 초월의 포물선으로 이어진다. 수평을 남기고 잘려나간 귀는 파문을 닮았다. 시인의 자화상이 완성되는 순간 침묵이 웅숭깊다.

적도로 걸어가는 남과 여

김성규

지뢰밭 가운데서
한 남자가 일직선으로 걸어가고 있었다

적도를 따라 걸어가는 중입니다
왜 적도로 가느냐고 묻자,
전쟁이 끝나 우리가 만날 수 없을 때
부서진 건물 사이를 지나
너는 왼쪽으로 걸어
나는 오른쪽으로 걸을게
서로를 찾아 헤매다 어디에서도 만날 수 없다면
적도를 향해 걸어가자

지뢰밭 가운데서
한 여자가 적도를 따라 걸어가고 있었다

지구를 굴러가는 것으로 본다면 우주 공간에도 바닥이 있겠다. 그 바닥에
닿는 면이 적도다. 바람은 북반구에서는 시계 반대방향으로, 남반구에서
는 시계방향으로 불어간다. 적도에는 바람이 없다. 북반구와 남반구의 바
람은 이곳에서 만나기도 전에 수직상승 후 제 갈 길 간다. 만나기도 전에
이별이다. 그 바람은 먼 곳을 돌아 다시 이곳쯤에서 겨우 만날까 싶은데
발치에서 또 멀어진다. 반복한다. 윤회를 닮았다.

적도는 무풍지대다. 평화로운 곳, 생성과 소멸이 공존하는 곳, 삶과 죽
음이 섞바뀌는 곳이다. 그 적도를 따라 걸어가고 있는 것은 정작 지구다.
그런데 그 길을 남과 여가 따라 걷고 있다. 자잘한 다툼과 크나큰 전쟁이
끊임없이 일어나는 세상에 대한 저항이며 극한 희망의 몸짓으로 보인다.
과연 이 남과 여는 만날 수 있을까. 어려울 것이다. 적도를 만난 바람처럼
코앞에서 또 멀어질 것만 같다.

여름꽃들

문성해

사는 일이 강퍅하여
우리도 가끔씩 살짝 돌아버릴 때가 있지만
그래서 머릿골 속에 조금 맺힌 꽃봉오리가
새벽달도 뜨기 전에 아주 시들어버리기도 하지만

부용화나 능소화나 목백일홍 같은 것들은
속내 같은 거 우회로 같은 거 은유 같은 거 빌리지 않고
정면으로 핀다
그래 나 미쳤다고 솔직하게 핀다

한바탕 눈이 뒤집어진 게지
심장이 발광하여 피가 역류한 거지

거참, 풍성하다 싶어 만질라치면
꽂은 것들을 몽땅 뽑아버리고 내뺄 것 같은
예측 불허의
파문 같은
폭염 같은
깔깔거림이

작년의 광증이 재발하였다고
파랗게 머리에 용접 불꽃이 인다고
불쑥불쑥 병동을 뛰쳐나온 목젖 속에
소복하게 나방의 분가루가 쌓이는 7월이다

7월은 세상에서 드러날 수 있는 것들이란 것들은 거의 모습을 드러낸다. 나무들을 보라. 잎이란 잎은 있는 대로 죄다 쏟아놓고 있다. 도저히 못 견디겠다는 듯이 꽃들마저 마구 토해낸다. 차오르면 넘쳐야 하는 것이 순리다. 아름답다. 생각해보라. 생뚱맞게 배롱나무 한 그루가 꽃을 참고 견딘다면 어떤 모습일까.

우리 삶만 참을성이 많은 것일까. 이 시처럼 머릿속에서만, 혹은 마음속에서만 지고 마는 꽃들이 얼마나 많은가. 그러니 꾸역꾸역 꽃을 게워내는 나무에게 괜한 타박을 해보는 것이다. 부러우면 지는 거다.

평생 꽃이 피어있는 나무도, 꽃이 피지 않는 나무도 없다. 인생도 마찬가지다. 지금 꽃을 피울 수 없다는 것은 머지않아 꽃 피울 날이 오고 있다는 것이다. 이 시는 얼핏 푸념 같아 보이지만 인생의 꽃을 기다리는 간곡한 마음이 알맹이로 자리 잡고 있다.

너를 기다리는 동안
시가 왔다

너를 기다리는 동안

네가 오기로 한 그 자리에
내가 미리 가 너를 기다리는 동안
다가오는 모든 발자국은
내 가슴에 쿵쿵거린다
바스락거리는 나뭇잎 하나도 다 내게 온다
기다려본 적이 있는 사람은 안다
세상에서 기다리는 일처럼 가슴 애리는 일 있을까
네가 오기로 한 그 자리, 내가 미리 와 있는 이곳에서
문을 열고 들어오는 모든 사람이
너였다가
너였다가, 너일 것이었다가
다시 문이 닫힌다
사랑하는 이여
오지 않는 너를 기다리며
마침내 나는 너에게 간다
아주 먼 데서 나는 너에게 가고
아주 오랜 세월을 다하여 너는 지금 오고 있다
아주 먼 데서 지금도 천천히 오고 있는 너를
너를 기다리는 동안 나도 가고 있다
남들이 열고 들어오는 문을 통해
내 가슴에 쿵쿵거리는 모든 발자국 따라
너를 기다리는 동안 나는 너에게 가고 있다.

着語 : 기다림이 없는 사랑이 있으랴. 희망이 있는 한, 희망을 있게 한 절망이 있는 한. 내 가파른 삶이 무엇인가를 기다리게 한다. 민주, 자유, 평화, 숨결 더운 사랑. 이 늙은 낱말들 앞에 기다리기만 하는 삶은 초조하다. 기다림은 삶을 녹슬게 한다. 두부 장수의 평경 소리가 요즘은 없어졌다. 타이탄 트럭에 채소를 싣고 온 사람이 핸드마이크로 아침부터 떠들어대는 소리를 나는 듣는다. 어디선가 병원에서 또 아이가 하나 태어난 모양이다. 젖소가 제 젖꼭지로 그 아이를 키우리라. 너도 이 녹 같은 기다림을 네 삶에 물들게 하리라.

이 시를 보면 세 가지 장면이 떠오른다. 1980년대에 민주화운동을 하던 시인이 수배 도중 동지를 기다리며 가슴 졸이는 장면 하나. 어떤 사내가 사랑하는 여인을 기다리며 가슴 태우는 장면 하나. 그리고 사람도 아닌 어떤 암울한 현실의 그 무엇이 오지 않는 환한 희망의 얼굴을 기다리며 가슴에 손을 얹는 장면 하나. 셋 다일 수도 있고 아닐 수도 있다. 분명한 것은 완벽한 사랑을 기다리는 주체만은 존재한다는 것이다.

완벽한 사랑은 아직 이 세상, 누구에게나 오지 않았다. 여름이 오면 봄은 없고, 겨울이 오면 가을은 없다. 주체의 변이만 있고 기다림은 늘 앞자리 어디 휘적휘적 가고 있을 뿐이다. 60년짜리 인생의 숙명이다. 현실이다.

너무 이른, 또는 너무 늦은

나희덕

사랑에도 속도가 있다면 그것은 아마
솔잎혹파리가 숲을 휩쓰는 것과 같을 것입니다

한 순간인 듯 한 계절인 듯
마음이 병들고도 남는 게 있다면
먹힌 마음을 스스로 달고 서 있어야 할
길고 긴 시간일 것입니다

수시로 병들지 않는다 하던
靑靑의 숲마저
예민해진 잎살을 마디마디 세우고
스치이는 바람결에도
잿빛 그림자를 흔들어댈 것입니다

멀리서 보면 너무 이른, 또는 너무 늦은
단풍이 든 것만 같아
그 미친 빛마저 곱습니다

이 땅에 살아가는 사람들은 서로 같은 절기를 공유한다. 같은 계절을 산다는 말이다.

이 땅의 계절은 누구에게나 같지만 사람마다 자신만이 살아가는 인생의 계절은 서로 달라서 고유하다. 한지붕 아래 살아가는 가족끼리도 서로 계절이 다를 수 있다는 말이다. 그래서 서로 삶을 대하는 생각과 방식이 다를 수 있는 것이다.

어느 한쪽이 겨울이고 어느 한쪽이 여름이면 서로 반대되는 기운을 가진다. 어느 쪽은 이불을 덮으려 하고 어느 쪽은 이불을 걷으려 한다. 이해와 관용이 필요하다. 자칫하면 파국을 맞을 수도 있다.

인생의 계절도 자연의 계절과 같아서 따라잡을 수도 늑장 부릴 수도 없다. 타인에게서 병든 "단풍"을 느끼는 것도 서로 다른 계절을 읽었기 때문이다. 남의 계절을 인정하고 아름답게 느끼려는 마음에서 관용과 사랑을 읽게 된다. 나와 다름을 인정하고 수용할 때 세상은 어울릴 만한 곳이 된다. "미친" 긍정이 아름답다.

잠들기 전에

이시영

　내 영혼은 오늘도 꽁무니에 반딧불이를 켜고 시골집으로 갔다가 밤새워 맑은 이슬이 되어 토란잎 위를 구르다가 햇볕 쨍쨍한 날 깜장고무신을 타고 신나게 봇도랑을 따라 흐르다가 이제는 의젓한 중학생이 되어 기나긴 목화밭 길을 걷다가 느닷없이 출근했다가 아몬드에서 한잔 하다가 밤늦은 시간 가로수 긴 그림자를 넘어 언덕길을 오르다가 다시 출근했다가 이번에는 본 적 없는 어느 광막한 호숫가에 이르러 꽁무니의 반딧불이도 끄고 다소간의 눈물 흘리다.

저마다의 고향에는 얼레가 있다. 연처럼. 떠나온. 저마다와 고향은 연줄로 이어져 있다. 바람에 나부끼며 떠도는 동안에도 저마다의 가슴에 묶여 있는 연줄은 고향과 쉼 없이 내통하고 있다. 하지만 돌아가고 싶어도 가지 못하는 경우가 허다한 게 저마다의 삶이다. 힘들고 지쳤을 때 돌아가고 싶지만 나 혼자만의 힘으로는 돌아갈 수 없는 곳이 고향이다. 누가 얼레를 감아주랴. 그럴 땐 어쩔 수 없이 영혼을 파견한다. 고향은 영혼에게 힘을 불어넣어 주는 충전소. 탯줄을 끊고 도망치듯 빠져나온 육신이 힘들 때마다 하릴없이 영혼을 어머니의 품속으로 파견하는 것과 닮았다.

이 영혼은 반딧불을 밝히고 간다. 얼레가 있는 곳이면 어디나 날아간다. 가서는 영혼조차 숨기고 숨어 운다. 스르르 잠이 들겠지. 아침이면 어디서 힘이 났는지 어깨를 으쓱하며 출근길을 서두를 것이다.

터널

조용미

창밖 풍경은 보이지 않고 갑자기 얼굴을 들여다보아야 할 때가 있다

기차가 터널을 지난다

검은 창에 떠 있는 하나의 표정을 살핀다

정체를 알 수 없는 한 묶음의 서러움과

소량의 모멸감과

발설할 수 없는 비애가 한 톤,

기차가 자꾸 터널을 지난다

이번 터널은 길다

아무렇지도 않은 얼굴로 이쪽을 뚫어지게 바라보는 저 표정을 의심한다

시간이 준 안간힘이 물거품이 된다

발설될 수 없는 고통이 한 그루,

기차는 자꾸 터널을 지난다 반대편에서 누군가 수십 개의 내 얼굴을 바라본다

창밖엔 규정되지 않은 풍경들이 줄지어 서 있다

반성은 돌아보는 시간이다. 앞이 보이지 않기 때문이다. 살아가면서 때로 우리는 그런 상황을 만난다. 대체로 어두운 시간이거나 추운 날들이다. 하루로 치면 밤이 되겠고, 계절로 치면 겨울이 되겠다. 한 갑자 삶의 순환 속에서는 무릎이 꺾인 시점부터다.

장구한 마야력의 끝(2012년 12월 21일. 동지)에서도 해는 다시 떠올랐다. 늘 끝은 새로운 시작과 이어진다. 하물며 삶이라는 소박한 시간 속에서 맞이하는 절망의 시간이야 말해 뭘 하겠는가. 반성의 시간이 진지할수록 아침은, 봄은 찬란하게 찾아온다. 만약 당신이 타고 가는 기차에서 뛰어내리지만 않는다면 한 그루 고통이라는 나무에서도 갱생의 꽃은 피어날 것이다. 가장 어둡고 추울 때 내면으로는 꽃을 만드는 시간을 갖는 것이다.

ⓒ 이지백

혼잣말

위선환

나는 더디고 햇살은 빨랐으므로 몇 해째나 가을은 나보다 먼저 저물었다

땅거미를 덮으며 어둠이 쌓이고 사람들은 돌아가 불을 켜서 내걸 무렵 나는 늦게 닿아서 두리번거리다 깜깜해졌던,

그렇게 깜깜해진 여러 해 뒤이므로

저문 길에 잠깐 젖던 가는 빗발과 젖은 흙을 베고 눕던 지푸라기 몇 낱과 가지 끝에서 빛나던 고추색 놀빛과 들녘 끝으로 끌려가던 물소리까지, 그것들은 지금쯤 어디 모여 있겠는가

그것들 아니고 무엇이 하늘의 푸른빛을 차고 깊게 했겠는가

하늘 아래로 걸어가는 길이 참 조용하다

사람의 걸음걸이로 여기까지 걸어왔구나 더디게 오래 걸어서 이제야 닿는구나 목소리를 낮추어 혼잣말하듯이.

지식이라면 몰라도 인생의 이치를 남에게 가르치기란 여간해서는 쉽지가 않다. 용기가 필요하다. 자칫하면 핀잔을 듣기 십상이다. 깨달음이란 얻기도 어렵지만 전하기도 어렵다. 깨달음은 그저 얻을 수 있거나 손쉽게 다다를 수 있는 성질의 것이 아니다. 인생의 이치를 알 만한 때가 되면 이렇게 '혼잣말'을 하게 되는 까닭이다.

빗발과 지푸라기와 노을빛이며 물소리와 더불어 인생까지도 어두운 곳으로, 낮은 곳으로 내려간 뒤에야 "하늘의 푸른빛을 차고 깊게 했"다고 깨닫는다. 어둠과 바닥에 다다르지 않고서야 어찌 알겠으며 그런 생의 이치를 어이 여름날 청춘과 가을날 환희에게 설명할 수 있으랴.

인생은 봄에 씨를 뿌리고 가을에 거두지만 세상은 가을에도 온갖 씨를 뿌린다. 인생과 자연의 차이는 이렇듯 현격하다. 하지만 인생도 자연을 닮아내면 이런 혼잣말을 할 줄 안다. 그것은 씨를 뿌리는 언어이자 행위이다.

가을은 세상 모든 물이 낮아진다. 따라서 하늘은 높아지고 바다는 깊어진다. 하늘은 이슬이라는 씨를 내려보내고 대지와 바다는 차고 맑은 가을 물을 저장한다. 못다 뿌린 씨―물―은 겨우내 눈으로 얼려서라도 세상 낮은 곳으로 내려보낸다.

오므린 것들

유홍준

배추밭에는 배추가 배춧잎을 오므리고 있다
산비알에는 나뭇잎이 나뭇잎을 오므리고 있다
웅덩이에는 오리가 오리를 오므리고 있다
오므린 것들은 안타깝고 애처로워
나는 나를 오므린다
나는 나를 오므린다
오므릴 수 있다는 것이 좋다
내가 내 가슴을 오므릴 수 있다는 것이 좋다
내가 내 입을 오므릴 수 있다는 것이 좋다
담벼락 밑에는 노인들이 오므라져 있다
담벼락 밑에는 신발들이 오므라져 있다
오므린 것들은 죄를 짓지 않는다
숟가락은 제 몸을 오므려 밥을 뜨고
밥그릇은 제 몸을 오므려 밥을 받는다
오래 전 손가락이 오므라져 나는 죄 짓지 않은 적이 있다

'오므리다'라는 몸말은 평화적이다. 작고 여린 생명들은 위협이 닥쳤을 때 자신을 오므린다. 새끼들이 있으면 품 안에 오므린다. 가히 필사적이다. 사람을 비롯한 생명체의 몸말은 같은가 보다. 특히 약한 존재일수록 오므리는 정도가 강력하다.

남에게 적선을 바라거나 베푸는 것을 받을 때는 손을 오므리고 조아린다. 갚음을 전제로 빌릴 때는 손을 벌린다. 남에게 무언가를 빼앗을 때도 손을 벌리고 요구한다. '벌리다'라는 몸말에 비해 '오므리다'는 착하고 슬프다. 몸을 오므리고 손을 오므려서 대저 무슨 죄를 짓겠는가.

유홍준 시인의 주특기인 '상형 문자'가 빛나는 시다. 형상을 보고 삶의 숨결을 끄집어내는 솜씨가 참으로 유감없다. 그가 마지막 행에서 고백했다시피 손을 오므린 경험이 없이는 불가능한 시다.

가을 끝, 겨울 초입은 바야흐로 하늘이 지상에 한껏 풀어놓았던 생명들을 오므리는 시간이다.

그네

문동만

아직 누군가의 몸이 떠나지 않은 그네,
그 반동 그대로 앉는다
그 사람처럼 흔들린다
흔들리는 것의 중심은 흔들림
흔들림이야말로 결연한 사유의 진동
누군가 먼저 흔들렸으므로
만졌던 쇠줄조차 따뜻하다
별빛도 흔들리며 곧은 것이다 여기 오는 동안
무한대의 굴절과 저항을 견디며
그렇게 흔들렸던 세월
흔들리며 발열하는 사랑
아직 누군가의 몸이 떠나지 않은 그네
누군가의 몸이 다시 앓을 그네

저 식물들은 바람이 흔들어주지 않으면 죽는다. 뿐만 아니라 비와 이슬이 건드려주고 하다못해 지나가는 들짐승이라도 슬쩍 쳐주어야 한다. 벌과 나비는 물론이다. 무언가 압력이 있고 거기에 맞설 때 생명도 온전히 지속한다.

흔들려야 그네다. 스스로 흔들릴 수 없다면 누군가 흔들어 주어야 한다. 누군가 그네에서 나아가고 물러나고 굴리고 굴리다 떠나면 흔들림이 남는다. 멈추기 전에 또 누군가 그 흔들림에 편승하여 그네를 굴린다. 지구상의 생명들이 목숨을 이어가는 방식과 닮아 있는 순간 포착이다.

흔들림이라. 우리 생활 속에서 흔들림이란 제 갈 길을 제대로 갈 수 없거나 제자리를 잡지 못하는 상황을 말한다. 연습이 없는 삶에서 어찌 생래적으로 한길, 한자리를 고집할 수 있을까. 다른 길, 다른 자리를 무수히 넘나들며 길과 자리를 잡아가는 것이 인생이다. 그렇게 가까스로 중심을 잡는가 싶으면 곧 떠나는 것 또한 인생이다. 흔들림은 남아서 누군가에게 이어진다. 쇠줄에 남은 온기에는 흔들릴 때마다 흘린 땀 냄새도 있을 것이다.

아픔이 너를 꽃피웠다

이승하

오죽했으면 죽음을 원했으랴
네 피고름 흘러내린 자리에서
꽃들 연이어 피어난다
네 가족 피눈물 흘러내린 자리에서
꽃들 진한 향기를 퍼뜨린다

조금만 더 아프면 오늘이 간단 말인가
조금만 더 참으면 내일이 온단 말인가
그 자리에서 네가 아픔 참고 있었기에
산 것들 저렇듯 낱낱이
진저리치게 아름다울 수 있는 것을.

불과 얼마 전만 해도 우리 시는 사람살이의 고달픈 시간을 밤이니 겨울이니 거리낌도 없이 끌어다가 썼다. 새벽이 오면, 아침이 오면, 봄날이 오면 어찌 되겠지 하는 희망으로 도배하며 아픈 시간을 견딘다고 노래했다.

어찌 된 일인지 요즘 시에는 이런 비유를 찾기 어렵다. 게다가 난해하기까지 하다. 밥술 좀 뜬다고, 생각한 대로 말 좀 한다고, 이만하면 되지 않았냐고 생각하는 것인가. 아니면 너무 낡은 것이어서?

아니다. 나는 대체로 젊은 시인들의 시가 어려워진 이유 중 하나를 자연과 멀어진 것에서 찾고 있다. 대자연은 끊임없이 순환하면서 생명을 조화롭게 굴려 가는데 이들은 개체 안에 갇혀 순환에 저항하고 있다. 세대 간, 계층 간의 관계 순환이 어려운 사회 구조와 문명의 이기 탓이다. 개별, 개체, 개인으로 고립을 자초하는 삶의 방식이 관계 순환을 막고 있기 때문이다. 난해는 자초한 병과 싸우는 방식이라고나 할까. 스스로 담장 안에, 독방 안에 감금한 채 병든 현실에 맞서 병든 언어로 싸우고 있는 그들만의 '손자병법'이다. 그래서 어쩌면 더 아픈지도 모른다. 그러나 그들에게도 언젠가는 알아듣는 말의 힘을 깨닫는 날이 오리라는 것을 믿는다. 순환에는 그들도 예외가 아니기 때문이다. 겨울이 가면 봄이 오듯이 그들도 언젠가는 벌판에 서서 대자연이 전하는 말을 받아 적을 날이 올 것이다. 삶도 그렇지만 시도 순환—소통—해야 숨통이 트이지 않겠나. (굳이 순환과 소통을 원하지 않는 쪽도 있지만) 더 치열하게 어려워지고 나면 넘어설 것이다. 우선은 더 어려워지기를.

벌판에 서서 꽃 한 송이만 유심히 봐도 이런 시가 나온다. 사실 뭔 말이 더 필요한가.

나무 아래 와서

배창환

이윽고, 참을 수 없이 노오란 은행잎들이 퍼붓던 날, 그대는 가고, 지나가던 바람이 내 귀를 열어 속삭였지요.

—이제부턴 너는 혼자가 아닐 거야.

그건 놀라운 예언이었던가 봅니다. 그날 이후 나는, 새벽이슬, 초승달, 몇 개의 풀꽃, 뜬구름, 작은 시내 같은 것들에 매달려 있었고, 그 안에서 숨쉬며 말 배우는 기쁨에 살았었지요.

다시 노오란 은행잎들이 퍼붓던 날, 그 나무 아래 와서, 그대를 내게 보내고 다시 거두어 가버린 당신의 크나큰 마음 읽고는 처음으로 펑펑 울 수 있었습니다.

그리하여 나는 슬픔 많은 이 땅의 시인이 되고 말았습니다.

상처란 무엇인가. 권정생 선생은 어린 시절에 청소부 아버지가 주워온 짝짝이 장화를 멋도 모르고 신은 채 동무들 앞에 나섰다가 큰 놀림을 받았다. 그 일이 두고두고 상처로 남았던 모양이다. 나이가 들어 어느 날 장화 한 켤레를 사서 방 안에서 신고 한껏 기분을 냈다. 그러나 이내 시무룩해지고 말았다. 상처를 받은 것은 소년 권정생이었지 어른 권정생은 아니었던 것이다. 그 소년에게 장화를 신겨줄 방도가 없었던 것이다. 장화를 신고 으스대며 '원수를 갚을' 동무들도 이미 없다는 것을 깨달은 것이다. 상처는 어린 시절 깨진 무릎처럼 멀쩡한데 마음만 애면글면 붙잡고 있었던 것이다. 그 일 이후 그 상처의 고통은 마음에서 물러났다고 한다.

이 시는 이별하고 나서야 비로소 "혼자가 아닐 거"라는 예언을 깨달아가는 과정이 아로새겨져 있다. 사물과 대화하며 이별의 상처를 풀어낼 줄 알게 된 시인의 운명이 곡진하다. 상처들을 치유하고 아픔에서 벗어나는 그 버릇은 어느새 개인을 넘어 "슬픔 많은 이 땅"으로 넓혀진다. 시는 낮은 곳을 찾아가는 물처럼 세상의 상처로 흘러가는 눈물의 마음이다. 장화가 아니라 마음의 문제다. 시의 소임이며 시인의 운명이다.

토막말

정양

가을 바닷가에
누가 써놓고 간 말
썰물진 모래밭에 한줄로 쓴 말
글자가 모두 대문짝만씩해서
하늘에서 읽기가 더 수월할 것 같다

정순아보고자퍼서죽껏다씨펄.

씨펄 근처에 도장 찍힌 발자국이 어지럽다
하늘더러 읽어달라고 이렇게 크게 썼는가
무슨 막말이 이렇게 대책도 없이 아름다운가
손등에 얼음 조각을 녹이며 견디던
시리디시린 통증이 문득 몸에 감긴다

둘러보아도 아무도 없는 가을 바다
저만치서 무식한 밀물이 번득이며 온다
바다는 춥고 토막말이 몸에 저리다
얼음 조각처럼 사라질 토막말을
저녁놀이 진저리치며 새겨 읽는다

마음을 쓰는 사람은 산을 좋아하고(仁者樂山), 머리를 쓰는 사람은 바다를 좋아한다(知者樂水)고 했던가. 고전에 나오는 이 말을 정면으로 '반박'한 사람이 있다. 거문도 사는 소설가 한창훈. 그에 따르면, 한을 품고 복수를 꿈꾸는 사람은 산으로 들어가고, 상처를 내려놓고 잊으려는 사람은 바다를 찾는다고 한다. 오래 산천을 주유하며 사람살이를 들여다보니 그렇더라는 것이다. 아닌 게 아니라 드라마를 보면 대체로 산으로 들어간 사람은 무술을 연마하며 이를 갈고, 바다로 간 사람은 낙조를 바라보며 낚시를 드리우고 있다. 일종의 전형이랄까. 이 시의 주인공도 바다를 찾은 걸 보면 다 내려놓고 싶었던 모양이다. 마지막 그리움까지 처절하게 토해낸 걸 보면.

토막말도 토막말이지만, 막말도 이렇게 시에 얹어 놓으니 보기 좋은 고명이 된다. 사실, 누가 이 말 앞에서 대놓고 웃을 수 있겠는가. 그저 가슴에 시린 얼음 조각을 같이 올려보는 수밖에.

시인들
이시카와 다쿠보쿠*를 생각함

박후기

　스물여섯 살, 요즘 같으면 막 무언가를 시작할 나이. 이시카와 다쿠보쿠에겐 가난과 각혈로 얼룩진 생이 이미 끝나버린 때. 죽기 전, 힘겹게 구한 5엔을 손에 쥐고 밥을 먹는 대신 꽃집에 들러 1엔어치 목련과 1엔짜리 꽃병을 샀다는 시인.

　목련과 선동가는 다르지 않습니다. 바닥에 떨어진 꽃잎과 선언을 다시 주워 담을 수 없기 때문입니다. 시인은, 다릅니다. 바닥에 떨어진 목련의 혈담(血痰)과 내려앉은 새들의 투병과 4월의 선동을 밥그릇보다 먼저 시라는 꽃병에 주워 담습니다.

　그러나 결핍을 모르는 시인은 모자 속에서 시를 만들고 호주머니 속에서 악수를 준비합니다. 그러므로 밥이 되고 남은 것들이 겨우 시가 되기도 합니다.

* 石川啄木(1886~1912), 일본의 시인.

세상은 욕망으로 사는 사람과 뜻으로 사는 사람이 있다. 굳이 둘을 비교해서 말할 필요는 없지만 서로 비춰볼 수는 있을 것 같다.

욕망에도 어떤 목표가 있을 것이다. 주로 물질이다. 그것을 이루면 욕망은 다른, 더 큰, 더 많은 욕망을 설정하고 나아간다. 욕망은 이루면서 결핍을 생성하는 묘한 생리를 가졌다. 욕망은 이루기 쉬운 것 같지만 그래서 어렵다. 끝이 없다.

뜻에도 어떤 목표가 있을 것이다. 주로 영혼이다. 평화로운 세상, 사람 사는 세상 따위다. 그것은 좀처럼 이루어지지 않는 것이어서 늘 결핍 상태이다. 이런 것을 마음에 두고 있는 사람은 그래서 늘 겸손할 수밖에 없다.

이 시를 읽으면 뜻으로 사는 것처럼 보이는 시인 세계도 두 부류가 존재하는 것만 같아서 마음이 무겁다. 그렇다고 굳이 나무랄 필요는 없다. 세상은 어디나 음과 양이 존재하는 법이니까.

12월

김이듬

저녁이라 좋다
거리에 서서
초점을 잃어가는 사물들과
각자의 외투 속으로 웅크린 채 흔들려 가는 사람들
목 없는 얼굴을 바라보는 게 좋다
너를 기다리는 게 좋다
오늘의 결심(決心)과 망신(亡身)은 다 끝내지 못할 것이다
미완성으로 끝내는 것이다
포기를 향해 달려가는 나의 재능이 좋다
나무들은 최선을 다해 헐벗었고
새 떼가 죽을힘껏 퍼덕거리며 날아가는 반대로

봄이 아니라 겨울이라 좋다
신년이 아니고 연말, 흥청망청
처음이 아니라서 좋다
이제 곧 육신을 볼 수 없겠지
움푹 파인 눈의 애인아 창백한 내 사랑아
일어나라 내 방으로 가자
그냥 여기서 고인 물을 마시겠니? 마지막으로
한 번 더 널 건드려도 괜찮지?
숨넘어가겠니? 영혼아,
넌 내게 뭘 줄 수 있었니?

태생이 자유로운 영혼은 몸과 마음을 비끄러매둘 수 있는 곳을 찾아다닌다. 겉보기엔 분방해 보이지만 속내는 어딘가에 묶이고 싶은 것이다. 결핍은 그쪽이기 때문이다. 반대로, 생래로 정돈된 영혼은 일탈에 대한 갈망이 크다. 겉으로는 틀에 박혔지만 속내로는 무한한 자유를 갈망한다. 출구가 그쪽이기 때문이다.

두 부류는 서로를 향해 달려가는 기차다. 교차하는 중간 지점에는 시가 없다. 발과 꿈의 거리가 멀수록 시의 파격과 낯섦의 정도가 도출하는 울림이 크다. 최선을 다해 꿈을 멀리 보낼수록, 달려가 거세게 부딪치면 부딪칠수록 울컥울컥 선혈처럼 시가 피어난다.

대체로 사람들은 태생에 따라 생래에 따라 디딘 발, 뿌리 뻗은 곳에서 산다. 그러나 시인이란 존재는 발과 꿈의 이격 정도가 멀고, 호기심 또한 만만찮은 사람들이다. 시는 그런 무모한 여정의 종점을 향해가는 불쌍한 기록이다. 언젠가는 다시 발로 돌아갈, 그러나 (시를 버리지 않는 한) 기약할 수도 없는.

공백이 뚜렷하다

해 넘긴 달력을 떼자 파스 붙인 흔적 같다.
네모반듯하니, 방금 대패질한
송판냄새처럼 깨끗하다.
새까만 날짜들이 딱정벌레처럼 기어나가,
땅거미처럼 먹물처럼 번진 것인지
사방 벽이 거짓말같이 더럽다.
그러니 아쉽다. 하루가, 한주일이, 한달이
헐어놓기만 하면 금세
쌀 떨어진 것 같았다. 그렇게, 또 한해가 갔다.
공백만 뚜렷하다.
이 하얗게 바닥난 데가 결국,
무슨 문이거나 뚜껑일까.
여길 열고 나가? 쾅, 닫고 드러눕는 거?

올해도 역시 한국투자증권,
새 달력을 걸어 쓰윽 덮어버리는 것이다.

아주 좋은 난해시는 문자와 문장 앞에 진퇴양난이고 아주 좋은 이해시는 속뜻과 여백에 들어서는 속수무책이다. 난해시는 길이 보이지 않는 무중이고 이해시는 여러 갈래 길이 저마다 뚜렷해서 아연하다.

이 시는 아주 좋은 이해시다. 독자들을 일사천리 무혈입성 시 속으로 흡입한다. 뭐 이리 싱겁냐고 시의 내실로 들어서는 순간 대략난감이다. 정작 시의 안주인은 천 갈래 만 갈래 삶의 진경을 펼쳐 놓고는 슬쩍 자리를 비켜버리기 때문이다. 하지만 이때부터 진짜 시의 맛을 보는 것이다. 온갖 불편한 것들을 무장해제하고 푹 퍼질러 앉아 진경 속을 마음껏 노닐어 보는 것이다. 눈물 부류들은 손수건을 건네받을 것이고, 절망 종류는 희망으로 교환될 것이다. 아주, 각자의 경우에 알맞게. 꼭 그만큼. 편한 사람은 속이 깊은 법이다.

04 _____

내가
계절이다

그리운 나무

정희성

나무는 그리워하는 나무에게로 갈 수 없어
애틋한 그 마음 가지로 벋어
멀리서 사모하는 나무를 가리키는 기라
사랑하는 나무에게로 갈 수 없어
나무는 저리도 속절없이 꽃이 피고
벌 나비 불러 그 맘 대신 전하는 기라
아아, 나무는 그리운 나무가 있어 바람이 불고
바람 불어 그 향기 실어 날려 보내는 기라

정희성 시인의 주머니엔 늘 습작 원고가 들어 있다. 사람들을 만나면 시를 꺼내어 낭송하고 더러 의견을 듣기도 한다. 몇 날 며칠을 마음에 들 때까지 삶의 현장에서 퇴고를 거듭한다. 신경림 시인은 습작을 벽에 붙여놓고 그 앞을 오갈 때마다 읽어보고 첨삭을 한다. 정성 어린 퇴고는 태작을 낳는 법이 거의 없다. 퇴고는 화장하는 과정이 아니라 화장을 하나하나 지워가는 과정이다. 감동의 순간에 가장 근접한 지점–맨얼굴–까지 드러내는 과정이 퇴고다.

2010년 봄이었을 것이다. 정희성 시인이 안동으로 여행 왔을 때 나는 술잔이 오가는 자리에서 이 시를 직접 들었다. 저음이지만 따사로운, 차분하지만 결기 있는 시인의 목소리로 이 시를 듣고 크게 감동하였다. 이 시를 처음 발표하던 2010년 가을, 이 시의 도입부에는 "사람은 지가 보고 싶은 사람 있으면/그 사람 가까이 가서 서성대기라도 하지"라는 표현이 있었다. 어느 시낭송 자리에서 김남조 시인이 이 시를 듣고는 앞의 두 줄을 빼면 아주 훌륭한 시가 될 것 같다는 의견을 냈다. 정 시인은 곧장 알아듣고 이렇듯 군더더기 없는 감동의 맨얼굴을 얻은 것이다. 살갑고 겸허한 노시인들의 수작 또한 맨얼굴로 아름답다.

외계(外界)

김경주

양팔이 없이 태어난 그는 바람만을 그리는 화가(畵家)였다
입에 붓을 물고 아무도 모르는 바람들을
그는 종이에 그려 넣었다
사람들은 그가 그린 그림의 형체를 알아볼 수 없었다
그러나 그의 붓은 아이의 부드러운 숨소리를 내며
아주 먼 곳까지 흘러갔다 오곤 했다
그림이 되지 않으면
절벽으로 기어올라가 그는 몇 달씩 입을 벌렸다
누구도 발견하지 못한 색(色) 하나를 찾기 위해
눈 속 깊은 곳으로 어두운 화산을 내려 보내곤 하였다
그는, 자궁 안에 두고 온
자신의 두 손을 그리고 있었던 것이다

이 시는 이 세상에 팔을 가져오지 못한 어느 구족화가의 이야기다. 사람들은 그의 팔을 볼 수 없듯이 그의 그림도 알아볼 수 없다. 시인은 다르다. 화가의 팔이 없는 것이 아니라 '저기' 있다고 억지를 부린다. 간곡한 위로다.

이 세상도 생겨난 것이 맞는다면 어딘가에는 자궁이 있지 않을까. 그렇다면 혹시 화가의 두 팔처럼 아직도 태어나지 않은 그 무엇이 있는 것은 아닐까. 있다면 그것은 무엇일까. 혹시 우리가 그리워하고 있는 것들이 아닐까. 희망이라든지 사랑, 평화 따위 말이다. 잘 보이지 않는 걸 보니 아마도 그럴 것이라는 생각이 든다. 그렇다면 이 구족화가처럼 그려보는 것이 어떨까. 이 악물고.

불을 지펴야겠다

박철

올 가을엔 작업실을 하나 마련해야겠다
눈 내리는 밤길 달려갈 사나이처럼
따뜻하고 맞춤한 악수의 체온을—
무슨 무슨 오피스텔 몇호가 아니라
어디 어디 원룸 몇층이 아니라
비 듣는 연립주택 지하 몇호가 아니라
저 별빛 속에 조금 더 뒤 어둠 속에
허공의 햇살 속에 불멸의 외침 속에
당신의 속삭임 속에 다시 피는 꽃잎 속에
막차의 운전수 등 뒤에 임진강변 초병의 졸음 속에
참중나무 가지 끝에 광장의 입맞춤 속에
피뢰침의 뒷주머니에 등굣길 뽑기장수의 연탄불 속에
나의 작은 책상을 하나 놓아두어야겠다
지우개똥 수북이 주변은 너저분하고
나는 외롭게 긴 글을 한 편 써야겠다
세상의 그늘에 기름을 부어야겠다
불을 지펴야겠다
아름다운 가을날 나는 새로운 안식처에서 그렇게
의미 있는 일을 한번 해야겠다 가난한 이들을 위해
서설이 내리기 전 하나의 방을 마련해야겠다

내 청소년기는 막무가내의 가난과 불화, 가족의 해체로 암울하기만 했다. 모든 것을 놓아버리고 싶었던 그 시절 내 손을 잡아준 것은 시 한 편이었다. 그 시는 내 손을 잡고 같이 울어주었다. 같이 꿈도 꾸면서 어떻게든 이 고통스러운 현실을 건너가 보자고 나를 부추기기도 했다. 단순한 위로의 차원이 아니었다. 급기야는 자신을 닮은 시를 써보라고 은근히 압력을 넣기에 이르렀다. 그렇게 끼적이기 시작한 게 여태까지다.

　시에게 큰 은혜를 입었다. 지금까지도 나를 지탱해주고 있다. 시력 사반세기가 넘었다. 작금에 이르러서 드는 생각, 나도 그런 시 한 편 정도는 세상에 돌려주어야겠다는 욕심이 생겼다. 우선, 좀 더, 그 시절의 나처럼. 어둡고 낮고 춥고 축축한 곳에 있는 존재들에게 비집고 들어가야겠다. 이 시처럼 그들 안에 마련한 '작업실'에 엉덩이를 들이밀고 "외롭게 긴 글을 한 편 써야겠다"고 마음을 낸다. 아닌 게 아니라 겨우내 불을 지피려면 땔감도 구해 놓아야겠다. 더 추워지기 전에.

강 건너는 누떼처럼

먼 우레처럼
다시 올 것이다, 사랑이여.

그것을 마라 강 악어처럼 예감한다.

지축 울리는 누떼의 발소리처럼
멀리서 아득하게 올 것이다, 너는.

한바탕 피비린내가 강물에 퍼져가겠지,
밀리고 밀려서, 밀려드는 발길들
아주 가끔은, 그 발길에 밟혀 죽는 악어도 있다지만
주검을 딛고, 죽음을 건너는 무수한 발굽들 있다.

어쩔 수 없이,
네가 나를 건너가는 방식이다.

김학철의 어느 산문에는 벼랑과 벼랑 사이를 건너뛰는 양 떼들 이야기가 있다. 그 벼랑은 한달음에 건널 수 없는 거리다. 먼저 몸을 날린 양의 등을 뒤따르는 양이 밟고 건너는 방식이다. 허공에 징검다리를 놓은 셈이다. 밟힌 양은 벼랑 아래로 떨어지고 밟은 양은 건너편에 안착한다. 반은 죽고 반은 산다. 풀밭을 찾아가는 양들만의 종족 보존 방식이다.

악어 떼 밭을 지나가는 누 떼의 생존 방식도 다를 바 없다. 더러는 악어 밥이 되고 더러는 악어 등을 밟고 건너간다. 풀밭이 기다리는 약속의 땅이란 이다지도 모진 것이다.

사랑이란 무엇인가. 악어처럼 엎디어 사랑의 발소리를 두근거리며 듣고 있다. 마침내 사랑이 오고 그렇게 사랑이 가는 시간은 혼돈과 피비린내로 격렬하다. 순환이란 이다지 자연스럽고도 억지스럽다. 인간의 삶이라고 해서 다를 바 없다. 삶이란 누군가의 등을 밟고 건너와서 또 누군가를 건너게 하는 등을 내어주는 과정이다. 인정하기가 쉽지만은 않을 터인데 이 시는 전폭적이다.

내가 계절이다

백무산

여름이 가고 계절이 바뀌면
숲에 사는 것들 모두 몸을 바꾼다
잎을 떨구고 털을 갈고 색깔을 새로 입힌다
새들도 개구리들도 뱀들도 모두 카멜레온이 된다
흙빛으로 가랑잎 색깔로 자신을 감춘다

나도 머리가 희어진다
나이도 천천히 묽어진다
먼지에도 숨을 수 있도록
바람에도 나를 감출 수 있도록

그러나 이것은 위장이다
내가 나를 위장할 뿐이다
나는 언제나 고요 속에 온전히 있다
봄을 기다리기 위해서도 아니다
나고 죽는 건 가죽과 빛깔이다

나는 계절 따라 생멸하지 않는다
내가 계절이다

늙지 마라
어둠도 태어난다

세상은 변하면서 흘러간다. 가면 아주 가는 것이 아니라 또 온다. 하루는 아침과 한낮과 저녁과 밤이 차례로 오가고, 한 해는 봄과 여름과 가을과 겨울이 또 가고 온다. 자연은 이 정도 순환을 반복하는 데 그치지 않는다. 더 큰 순환 주기를 돌리고 또 더 큰 순환 주기를 돌리고 돌린다.

인생도 마찬가지다. 육십갑자 한 번 도는 데 60년이 걸린다. 기본 순환이다. 사계절로 환산하면 한 계절에 15년씩이다. 밤이 온다고, 겨울이 온다고 모든 것이 끝나는 것은 아니다. 하루의 휴식은 아침으로 이어지고 겨울의 휴면은 봄으로 이어진다. 이와 같이 "어둠도 태어나"고 겨울도 태어나는 것이다.

지금 당신의 삶이 캄캄한 밤이라면, 모든 것이 사라진 것만 같은 겨울이라면 결코 낙담할 필요 없다. 물론 견디기 어렵겠지만, 그 안에 아침 해의 기운이 휴식을 취하고 있고, 그 안에 봄의 새싹이 잠들어 있기 때문이다. 당신은 "계절 따라 생멸하지 않는다." 당신이 "계절이다." 때가 되면, 겨울은 가지 말라고 해도 가고 봄은 오지 말라고 해도 온다.

무언가 찾아올 적엔

서울 콘크리트집 마당에 서 있는 산초나무 캐어
시골 텃밭가에 옮겨 심고 돌아왔다
애초에 산초나무가 왜 날 찾아왔는지는 알 수 없었지만
밤이면 나란히 앉아 달 쳐다보며 지냈다
그 몇해 동안에 내 눈빛 가져갔었나,
그가 없으니 눈 침침하여 하늘이 흐려 보였다
한철 뒤 시골 텃밭에 가서 말라죽는 산초나무 보다가
무언가 찾아올 적에는 같이 살자고 찾아온다는 걸 알아차
리고는
다시 캐어 서울 콘크리트집 마당에 옮겨 심었다
그날 밤 달 향하여 산초나무와 같이 앉았더니
홀연히 내 눈이 밝아져서 잎사귀에
달빛 빨아들여 빚는 향기도 보이는 것이었다

사람도 옮겨심기할 수 있다면 어떨까. 사랑하는 사람은 옆에 심어두고 두고두고 본다면. 미워하는 사람은 어디 멀리 옮겨두고 잊은 듯이 산다면 좋을까. 사랑하는 마음도 시들해지면 다시 어디 멀리 옮겨 심고, 미워하는 사람도 세월이 흘러 애틋한 마음이 생겨나 아닌 듯이 옮겨온다면 좋을까.

이 시는 말 못하는 나무라는 사물을 옮겨 오고, 옮겨 가고, 다시 옮겨오는 과정을 그리고 있다. 처음 옮겨오고, 두 번째 옮겨가는 과정은 단순한 자리 이동이다. 세 번째 옮기는 과정에선 마음이 개입한다. 어느 결에 시인의 마음도 나무의 빈자리를 찾고, 나무도 달빛 같이 바라보던 제 자리를 그리워한다고 생각한다. 물리적 이동은 가능해도 심리적 이동은 불가능하다는 말이다. 보이지 않는 마음의 힘이자 흠이다.

세상 만물 모든 이치가 그냥 이루어지는 것처럼 보인다. 그러나 사람의 마음이 개입하면 어느 하나도 그냥은 없다. 발 없는 나무와는 달리 '발 달린 짐승'끼리 오가는 인생사는 늘 이런 마음이 샅날이 되는 까닭이다.

마루에 앉아 하루를 관음하네

박남준

뭉게구름이 세상의 기억들을 그렸다 뭉갠다
아직껏 짝을 찾지 못한 것이냐
애매미의 구애는 한낮을 넘기고도 그칠 줄 모르네
긴 꼬리 제비나비 노랑상사화 꽃술을 더듬는다
휘청~ 나비도 저렇게 무게가 있구나
잠자리들 전깃줄에 나란하다
이제 저 일사불란도 불편하지 않다
붉은머리오목눈이 한 떼가 꽃 덤불속에 몰려오고
봉숭아꽃잎 후루루 울긋불긋 져 내린다
하루해가 뉘엿거린다
깜박깜박 별빛만이 아니다
어딘가 아주 멀리 두고 온 정신머리가 있을 것인데
그래 바람이 왔구나 처마 끝 풍경소리
이쯤 되면 나는 관음으로 고요해져야 하는데
귀 뚫어라 귀뚜라미 뜰 앞에 개울물 소리
가만있자 마음은 어디까지 흘러갔나

가을은 풍요로운 계절이다. 몬순기후인 우리나라의 경우에는 주식으로 하는 쌀을 수확하는 시기이니 더 말해 무엇하랴. 들판의 벼들이 하루가 다르게 익어간다. 농사를 짓는 사람들이나 보는 사람들 마음은 사뭇 흐뭇하다. 인생도 이런 때가 되면 이와 같은 마음일 것이다.

이 좋은 가을, '버들치 시인'으로 통하는 지리산 악양 고을 박남준 시인은 이 풍요로운 가을에 마루 끝에 나앉아 마냥 청승을 떨고 있다. 마치 풍요로운 가을과는 아무 상관 없다는 듯 사위어가는 생명들과 한가롭게 수작을 나누고 있다. 그러나 그 저의에는 올해도 함께 무사히 지냈다는 안도의 한숨이 깃들어 있는 것을 느낄 수 있다. 인생도 이런 때가 되면 이와 같은 마음일 것이다.

가을은 풍요와 적요가 함께하는 계절이다. 지난여름의 맹렬했던 기억과 함께 다가올 긴 겨울을 예감하는 마음속에도 풍요와 적요가 동거한다. 양쪽 다 감사하는 마음이 바탕에 깔려 있다. 지구상 많은 나라들이 가을에는 감사하는 마음을 바치는 축제를 한다. 세상을 살아가는 사람의 도리이자 일말의 염치다. 물론 받는 쪽은 하늘이다.

우물

귀뚜라미는 나에게 가을밤을 읽어주는데
나는 귀뚜라미에게 아무것도 해준 것이 없다
언제 한번 귀뚜라미를 초대하여
발 뻗고 눕게 하고
귀뚜라미를 찬미한 시인들의 시를 읽어주고 싶다
오늘 밤에는
귀뚜라미로 변신하여
가을이 얼마나 깊어졌는지 동네 우물에 두레박을 내려 봐
야겠다

가을 우물물은 유난히 차고 맑다. 한로의 맑고 찬 이슬이 땅속으로 스며들었다가 우물로 길을 잘못 든 것이다. 두레박을 타고 세상 구경 한 번 더 하고 어느 경로를 거쳐 다시 땅속으로 스며들어 갈 것이다. 물도 겨울잠을 잔다.

귀뚜라미는 날개가 책이다. 책을 펼치고 열심히 글을 읽는다. 맑고 또랑또랑한 목소리. 가을밤이 쓸쓸한 사람들은 그것을 울음소리로 듣는다. 멀리서 들려오는 낭랑한 소리가 '가을밤처럼 차갑게'(백석의 시구) 느껴진다.

아, 나는 시인 자격이 없다. 아직 귀뚜라미를 찬미한 시를 쓰지 못했다. 아직도 정신 못 차리고 있다. 귀뚜라미 소리를 마음으로 듣지 않고 머리로 듣는 소치다. 나는 죽었다 깨어나도 귀뚜라미로 변신하여 우물의 깊이, 가을의 깊이를 재지는 못할 것이다.

귀뚜라미 사체를 본 적이 있다. 다리를 뻗고 있었다. 노상 무릎을 꺾고 가을 타는 사람들에게 노래를 들려주던 거리의 악사. 그 노고를 생각하면서 다리를 주물러 주고 싶다는 생각은 한 적이 있다. 면책사유가 되는지…….

눈이 내리는 까닭

복효근

실내에서 기르던 제비꽃이
꽃을 맺지 아니하거든
냉장고에 하루쯤 넣었다가 내놓으라고 합니다
한겨울 추위에 꽁꽁 얼어보지 않은 푸나무들은
제 피워낼 꽃의 형상을 기억하지 못하기 때문일까요
차고 시린 눈이 꽃처럼 내리는 것은
바로 그 까닭입니다
잠든 푸나무 위에 내려앉아
꽃의 기억들을 일깨워줍니다
내 안의 꽃들을 불러외우며
나 오늘 눈 맞으며 먼 길 에돌아갑니다

그 옛날 처마 밑에는 여러 가지 사연으로 복닥거린다. 우선 제비와 벌이 깃들여 산다. 이들이 자리를 비우면 호박고지나 곶감이 차지한다. 겨울에는 명태나 양미리가 목을 맨 채 꾸덕꾸덕 말라간다. 양지쪽엔 메줏덩이가 내걸리고 뒤란 처마 밑엔 시래기와 우거지가 살을 빼고 있다. 더러는 약으로 쓰는 들기름이 든 병이 삐딱하게 걸려 있기도 하다. 비가 오면 비를 긋는 사람들, 어두운 밤길을 걸어 찾아오는 손님을 기다리는 백열등도 처마 밑이 자아낸 풍경이다.

빼놓을 수 없는 게 또 하나 있다. 바로 씨종자들이다. 옥수수, 조, 수수 등은 자루나 이삭 통째로 걸려 있다. 방에 들이지 않고 굳이 밖에 걸어 놓는 데는 다 이유가 있다. 겨울을 제대로 맛보지 않으면 발아가 되지 않기 때문이다. 칼바람도 맞고 눈발 맛도 보며 월동을 해야 속에 든 제 모습을 잊지 않고 불러낼 수 있다. 실내에서 키우는 '제비꽃'도 마찬가지인 모양이다.

우리들의 삶도 사계절이 있다. 아무리 기를 써도 겨울을 피할 수 없다. 사계절을 고스란히 겪는 만물과 다를 바 없다. 저마다의 내면에 있는 꽃을 불러내기 위해서는 눈 내리는 겨울 들판을 반드시 건너야 한다는 이야기다. 우선은 머리에 눈꽃을 피워봐야 인생의 봄에 제대로 꽃을 피운다는 말씀이다. 설사 그 길이 '에돌아'가는 여정일지라도.

태산(泰山)이시다

김주대

    경비 아저씨가 먼저 인사를 건네셔서 죄송한 마음에 나중에는 내가 화장실에서든 어디서든 마주치기만 하면 얼른 고개를 숙인 거라. 그래 그랬는지 어쨌는지는 모르겠지만 아저씨가 우편함 배달물들을 2층 사무실까지 갖다 주기 시작하시데. 나대로는 또 그게 고맙고 해서 비 오는 날 뜨거운 물 부어 컵라면을 하나 갖다 드렸지 뭐. 그랬더니 글쎄 시골서 올라온 거라며 이튿날 자두를 한 보따리 갖다 주시는 게 아닌가. 하이고, 참말로 갈수록 태산이시라.

나는 인간의 마음이 움직여 가는 모든 행위에는 순환 고리가 있다고 믿고 있다. 그것은 마치 농부가 씨를 뿌리고 가꾸고 길러서 수확하고 갈무리하는 과정을 반복하는 것과 닮았다. 선과 악을 구별하지 않는다. '콩 심은 데 콩 나고, 팥 심은 데 팥 난다.' 잘 가꾸면 수확이 많고, 어설프면 떨어진다. 환경은 하늘의 뜻이다.

'갈수록 태산(Things go from bad to worse)'이라는 말은 동서양을 막론하고 일의 진행이 갈수록 부정적인 것으로 꼬리를 물고 확장될 때 쓴다. 그런데 이 시에서는 따뜻한 마음이 오는 훈훈한 장면이 이어지는 끝에 등장한다. 인사 한 번 건넸다가 오가는 품새가 자칫하면 집이라도 한 채 건네야 할지도 모를 지경에 이르렀다. 다음 줄 품목을 고르느라 고민을 하는 모습이 유쾌하다. 그런 마음을 빗대는 말로 고품격이다.

김주대 시인은 비교적 젊은 시절에 주목을 받았다. 이후 무엇 때문인지 오랫동안 문단에서 감감무소식이다가 슬그머니 복귀한 지도 꽤 되었다. 이후 그의 작품은 놀라울 정도로 좋아지고 있다. 이런 것도 '갈수록 태산'이라 해야 하나 어쩌나 모르겠다.

꽃은 자전거를 타고

최문자

그녀가 죽던 날
꽃은 자전거를 타고 왔다
그녀의 남자가 입원실 현관 앞에 자전거를 세우고
막 아네모네 꽃을 내리려고 할 때
그녀의 심장은 뚝 멎었다
꽃은 다시 자전거를 타고 영안실 근처로 갔다
죽을 자리에서도 타오른다는 아네모네가
놀란 자전거를 타고 앉아
헛바퀴만 돌리고 또 돌렸다

그날,
꽃은 온종일 자전거에게 끌려 다녔다
꽃을 태운 자전거는 참았던 속력을 냈다
꽃도 그녀처럼 자전거를 타고 앉아
남자의 등을 탁탁 때리며 달렸다
꽃의 내부가 무너지도록 달렸다
마지막 꽃 한 송이가
바닥에 떨어지면서 뭐라고 말했지만
바람이 그 말을 쓸어갔다

그날,
빈 자전거 한 대
고수부지 잡석 사이에 쓰러져 있었다

북쪽에서 불어오던 겨울바람이 봄이 오면 점점 동쪽으로 자리를 옮겨 불어온다. 눈을 녹이면서 봄바람이 불어오면 눈 속에 언 땅속에 숨어 있던 꽃들이 피어난다. 주로 미나리아재빗과의 바람꽃들이다. 바람이 연인인 것일까. 아픈 사랑의 전설이 담긴 아네모네. 바람꽃들의 숙명이 아프다. 뿌리 내린 꽃이 어이 바람을 따라나설 것인가. 꽃잎 져 나부낄밖에.

그런데 이 시는 바람 없으면 자전거를 타고 쌩쌩 바람을 일으키면 된다는 고집 센 바람꽃 이야기다. 사랑하는 생명이 아픈 곳. 죽은 곳. 재가 되어 흩뿌려지는 곳까지 자전거를 타고 바람을 일으키며 달려가는 꽃. 결국 강물에 몸 던졌을 것이다. 쓰러진 자전거는 더 이상 바람이 없다. 이렇게 꽃말이 하나 더 생긴 셈이다.

황홀

김연진

당신이 떠난 봄에도
황홀은 남아서
이렇게 봄날저녁이 오시고
나는 목련의 숨 거두는 소리를 듣는다
맥을 놓친 꽃잎처럼 나는 비스듬하고
탄생은 저렇게 격렬하게 왔다 가는 것
당신이 떠난 봄에도 황홀은 남아서
그렇게 봄날 저녁은 가시고
나는 당신의 숨 거두는 소리를 듣는다

봄은 와서 머물다 간다. 봄, 꽃은 와서 머물다 간다. 한 계절 안에도 이다지 온전한 기승전결이 있다. 일장춘몽. 우리 인생을 이렇게도 표현할 수 있는 근거다. 춘몽 속에도 꽃을 기다리다가 파묻혀 지내다가 홀홀 떠나보내는 모든 과정이 고스란하다. 허망한 인생일수록 적절한 비유가 된다.

봄이라고 해서 꽃이 피기만 하는 것은 아니다. 꽃을 기다리는 봄도 있고 꽃을 떠나보내는 봄도 있다. 기다리고 보내는 시간도 애틋할 줄 알아야 꽃을 황홀하게 즐길 수 있는 것이다. 화무십일홍. 그 짧은 날만 셈해서 봄이라고 우기는 사람들도 있다. 호호당 김태규는 그런 마음을 경계해야 한다고 갈파한 적이 있다. '황홀'한 절정은 오르는 과정이 충실하고 내리는 과정이 성실해야 비로소 완성된다. 인생은 화병에 꽂아둔 꽃이 아니다. 꽃이 어떻게 오고 가는지를 알뜰하게 살피는 마음이 동반될 때 향기와 빛깔을 더욱 소중하게 보듬게 되는 것이다.

이 시는 꽃이 지고 난 뒤에도 황홀한 시간의 여운을 되새기며 사위어가는 떨림을 음미하는 마음이 애잔하다. 꽃그늘도 좋지만 꽃이 "숨 거두는 소리"를 들으며 한잔 하자는 약속도 더러 하며 살 일이다.

후기

시는 살아간다

여기 실린 50편의 시와 이야기는 2012년 12월 24일부터 이듬해 12월 30일까지 1년 남짓 『매일신문』의 '시와 함께' 꼭지에 연재한 것의 일부이다. 작고한 시인들의 시와 번역시는 일단 제외하고 남은 것 중에서 책 분량만큼만 가려 뽑은 것이다.

연재할 당시 나는 일주일에 두 번씩 모두 110편의 시에 내 생각을 붙여나갔다. 시집과 문예지에서 찾아낸 시들을 새겨 읽으면서 나는 시의 또 다른 매력에 빠져 노닐었다. 우리의 삶이 그러하듯이 시들도 어떤 하나의 세상에서 서로 어울려 살아가고 있는 것만 같았다. 그 세상에 푹 빠져 지냈다. 한 해가 어떻게 갔는지 모를 정도였다. 시간이 하나도 아깝지 않았다.

연재는 하나의 겨울에 시작해서 돌아오는 또 다른 하나의 겨울에 끝났다. 절기로는 동지에 시작해서 동지에 끝난 셈이다. 밤이 가장 긴 시점에 시작해서 다시 밤이 가장 긴 시점까지 한 순배 돈 것이다. 그사이에 봄, 여름, 가을 그리고 겨울이 착하게 오고 갔다.

연재를 시작하기 전에 하나의 원칙을 세웠다. 기왕에 사계절을 밟아가는 기간이라면 시에 스며든 사계절을 찾아내어 때에 맞게 이야기해 보자는 것이었다. 죽은듯한 생명이 다시 태어나는 봄, 자라는 여름, 거두어들이는 가을, 살아 있는 것들이 다시 죽은 듯이 숨어드는 겨울을 시인들은 어떻게 시에 녹여내는지를, 순환하는 자연의 모습에서 어떻게 삶의 닮은꼴을 찾아 시로 노래하는지를 독자들에게 전해주고 싶었기 때문이다.

자연 세상 모든 살아 움직이는 것들은 삶을 닮았다. 삶의 홀

름한 비유들이 세상에 널려 있다는 말이다. 대체로 시인들은 이에 충실했고 시는 그 정도를 더함도 덜함도 없이 고스란히 드러내고 있었다. 춘하추동의 순환은 생로병사, 기승전결로 순환하는 삶과 비춰보면 아귀가 딱 맞아떨어진다. 바꾸어 이야기하면 삶에도 춘하추동이 엄연히 존재한다는 말이다. 삶을 이야기하는 시에 자연의 자리가 많은 까닭이 여기 있는 것이다. 시에서 순환하는 자연의 형상과 이치를 쉽게 포착할 수 있는 것은 당연하고도 자연스러운 일이다.

이 책의 어느 쪽을 들추더라도 대자연의 숨결이 시에 녹아 있는 것을 쉽게 발견할 수 있다. 끝 모를 우주가 펼쳐지고 태양과 달과 뭇별이 돋아난다. 가까이는 지구별이 돋을새김 된 자리에 산과 강, 바다와 대지가 아로새겨져 있다. 봄, 여름, 가을, 겨울이 다투지 않고 지나가고 그 갈피마다 낮과 밤이 차례차례 넘어간다. 나무와 풀이 우거지는 사이에 점점홍 꽃들이 피어나고 난분분 꽃잎이 진다. 모든 날아다니는 것들과 기어다니는 것들과 헤엄치는 것들과 땅속에서 꼬물거리는 것들이 더해진다. 바람이 불고 비가 내리며 눈보라가 치고 천둥과 번개가 지나간다. 실로 실경, 진경, 점입가경이다.

대자연의 숨결이 드나드는 저마다의 풍경 속에는 상황에 맞는 사람들이 제각각 짝을 지어 있다. 대체로 슬픔의 정조를 지닌 사람들이다. 어둠 속에서 밝음을 지향하거나, 겨울 속에서 봄을 기다리는 정서를 지녔다. 결핍과 상처, 슬픔과 고통이 앞자리고 긍정과 치유, 사랑과 위로가 뒤따른다. 그때마다 대자연 풍경 속의 무엇인가가 나서서 사람과 같은 표정, 목소리, 몸짓으로 함께 울고 웃는다. 풍경과 사람이 어우러져 시가 되고, 시는 노래가 되어 속살거린다. 시가 전하는 마음을 따라가다 보면 어느새 인간도 자연산이라는 결론에 이른다. 이윽고 고개를 끄덕이게 된다.

결국 사람도 자연이다. 사람도 이 세상에 드나드는 저 무수한 생명체와 다르지 않다. 식물성으로는 나고, 자라고, 열매 맺고, 사라진다. 동물성으로는 태어나고, 자라고, 번식하고, 죽는다. 밤과 낮, 사계가 순환하면서 이 세상이 흘러가는 것과 같이 사람도 순환을 긍정하며 삶을 유지하고 존속한다. 밤이 지나면 아침이 오는 것을 알고 겨울이 가면 봄이 오는 것을 아는 것처럼 절망에서 희망을 찾고 속박 속에서 자유를 떠올릴 줄 아는 것도 다 자연 그 자체로서의 정서가 있기 때문에 가능한 일이다.

사람 사는 세상은 그렇지만 범위를 좁혀서 사람 사람마다 적용하면 제각각 고유한 삶의 사계절을 서로 다르게 굴려간다. 어떤 사람은 봄부터, 또 어떤 사람은 여름부터, 혹은 가을이나 겨울부터 시작한다. 뒤따르는 계절은 거기에 맞게 순서대로 오고 간다. 일찍 가을을 경험하는 사람이 있는가 하면, 어떤 사람은 만년에 가을을 맞이하기도 한다. 어떤 사람은 성장기에 겨울을 맞는가 하면 어떤 사람은 중년기에 겨울을 맞이하는 사람도 있다. 어떻든 사람들은 저마다 자기만의 사계를 착실히 밟아간다. 사람이 자연인 까닭이다.

시란 무엇인가. 무수한 정의가 있어왔지만 정답은 없다. 시는 삶을 반영하는 것이기 때문이다. 삶이란 무엇인가. 무수한 정의가 있어왔지만 속 시원한 정답은 없다. 현실적인 삶이 어렵기 때문이다. 대체로 삶이 어려워진 이유는 자연을 떠났기 때문이다. 담장 밖으로 밀어낸 자연스러운 삶을 두고 담장 안의 억지 삶을 살기 때문에 어려워진 것이다. 내 식으로 굳이 시를 정의하자면 자연스러운 삶을 회복하려는 의지를 반영하는 것 정도가 아닐까 한다. 많은 시인들의 생각과 삶이 그러하고, 시가 그러하다.

시를 오랫동안 읽어왔지만 연재기간 만큼 집중해서 읽은 적은 없다. 이 기간에 새삼 눈에 띄는 것이 있었다. 바로 시가 태어나는 지점. 시인들은 무엇 때문에, 어떤 것을, 왜 쓰는지에 대한 내 막연한 생각이 모습을 드러냈다. 시는 고통 속에서 태어난다고 했던가. 그렇다. 시는 인생의 사계절 중 겨울에 태어나는 것을 알 수 있었다. 시는 겨울의 언어였던 것이다. 겨울 중에서도 매서운 바람이 불거나 눈보라가 치거나 어둠이 내리면 시는 더욱 빛나는 존재로 태어난다.

여기 모인 50편의 시들도 예외는 아니다. 온전한 삶의 원형으로부터 분리되어 고립무원으로 던져진 영혼들의 언어. 인간이 지닐 수 있는 다사로운 사랑의 시간과 공간으로부터 단절되어 철저히 혼자가 된 슬픈 시간과 고독한 공간의 노래다. 못 살겠다고 발버둥치거나 힘들다고 발광을 떠는 것이 아니라 기다림과 견딤으로 한밤을, 한겨울을 건너가는 소리 없는 절

규다. 대자연이 그러하듯이 삶의 겨울도 새롭게 태어나는 봄으로 이어지고 마는 필연에 대한 긍정과 신뢰를 바탕으로 하기 때문에 가능한 삶의 맨얼굴들이다. 슬픔을 사랑하는 과정에서 걸러낸 금쪽들의 담담한 표정들이다.

시는 겨울을 건너가는 방식에 대한 깨달음이다. 외롭고 고통스러운 시간에 처했을 때 자가 격리와 자발적 소외로 몰아가는 것이 아니라 보다 적극적으로 삶을 그러안는다. 겨울 세상에 널린 뭇 생명들만큼이나 많은 동류의 외로움과 고통에 동참하여 동고동락한다. 무연자비無緣慈悲, 하찮고 보잘 것 없는, 인연 아닌, 인연 없는 것들과 슬픈 사랑을 나눈다. 그리하여 조곤조곤 속삭이는 말과 다독이는 손짓의 언어들을 원고지에 옮겨 심는다.

겨울을 건넜다고 시의 생명이 다하는 것은 아니다. 다사로운 사랑으로부터 분리와 단절을 지나, 무연자비의 슬픈 사랑의 과정을 거쳐, 바야흐로 새로운 봄의 들판으로 나서는 것으로 끝나지 않는다. 봄과 여름과 가을을 지날 때도 겨울에 찾아낸 언어들은 생동한다. 삶의 군상들 속에는 각기만의 겨울을 건너는 영혼들이 언제나 있기 마련이다. 시인은, 시는 그들의 외로움과 아픔 속에 육박해 들어가 사랑을 나눈다. 시인이, 시가 낮은 곳으로 흘러드는 습성을 지닌 까닭은 이와 같이 겨울에 채득된 깨달음의 언어이기 때문이다. 시는 그렇게 사계절을 굴려간다.

어느 사이에 나는 아내도 없고, 또,

아내와 같이 살던 집도 없어지고,

그리고 살뜰한 부모며 동생들과도 멀리 떨어져서,

그 어느 바람 세인 쓸쓸한 거리 끝에 헤매이었다.

바로 날도 저물어서

바람은 더욱 세게 불고, 추위는 점점 더해 오는데,

나는 어느 목수(木手)네 집 헌 샅을 깐,

한 방에 들어서 쥔을 붙이었다.

이리하여 나는 이 습내 나는 춥고, 누긋한 방에서,

낮이나 밤이나 나는 나 혼자도 너무 많은 것같이 생각하며,

딜옹배기에 북덕불이라도 담겨오면,

이것을 안고 손을 쬐며 재 위에 뜻 없이 글자를 쓰기도 하며,

또 문밖에 나가지두 않고 자리에 누어서,

머리에 손깍지베개를 하고 굴기도 하면서,

나는 내 슬픔이며 어리석음이며를 소처럼 연하여 쌔김질하는
것이었다

내 가슴이 꽉 메어올 적이며,

내 눈에 뜨거운 것이 핑 괴일 적이며,

또 내 스스로 화끈 낯이 붉도록 부끄러울 적이며,

나는 내 슬픔과 어리석음에 눌리어 죽을 수밖에 없는 것을 느
끼는 것이었다.

그러나 잠시 뒤에 나는 고개를 들어,

허연 문창을 바라보든가 또 눈을 떠서 높은 천장을 처다보는

것인데,

이때 나는 내 뜻이며 힘으로, 나를 이끌어가는 것이 힘든 일인 것을 생각하고,

이것들보다 더 크고, 높은 것이 있어서, 나를 마음대로 굴려가는 것을 생각하는 것인데,

이렇게 하여 여러 날이 지나는 동안에,

내 어지러운 마음에는 슬픔이며, 한탄이며, 가라앉을 것은 차츰 앙금이 되어 가라앉고,

외로운 생각만이 드는 때쯤 해서는,

더러 나줏손에 쌀랑쌀랑 싸락눈이 와서 문창을 치기도 하는 때도 있는데,

나는 이런 저녁에는 화로를 더욱 다가 끼며, 무릎을 꿇어보며,

어니 먼 산 뒷옆에 바우 섶에 따로 외로이 서서,

어두어오는데 하이야니 눈을 맞을, 그 마른 잎새에는,

쌀랑쌀랑 소리도 나며 눈을 맞을,

그 드물다는 굳고 정한 갈매나무라는 나무를 생각하는 것이었다.

_백석, 「남신의주 유동 박시봉방(南新義州 柳洞 朴時逢方)」, 『백석전집』, 실천문학사, 2011

우리나라 현역 시인들이 작고 시인 중 가장 좋아한다는 백석의 시다. 겨울에 태어난 시의 전형이다. 다사로운 사랑의 존재들과 분리되어 단절의 고통과 슬픈 고독에서 시는 출발한

다. 반성과 후회, 극단적 자책과 자탄의 과정을 거쳐 긍정의 힘과 견딤의 미학까지 이끌어간다. 슬프나 통곡하지 않고 아프나 소리치지 않는다. 끝내는 북풍한설을 '쌀랑쌀랑' 가볍게 받아들이는 나무를 떠올리며 자신의 슬픔 또한 견딜 수 있는 무게로 은근슬쩍 전환한다. 동류의 것들과 공감하며 낮은 사랑의 연대를 통해 봄을 기약한다. 극한의 아픔을 어떻게 해보려고 억지를 부리지 않으며 수용하고 긍정하며 순응하는 데서 깊은 공감을 불러일으킨다. 읽는 이로 하여금 자신의 아픔 또한 그렇게 받아들여야 할 것만 같은 위로를 얻게 만든다. 백석 시가 지닌 매력의 핵심이다. 이 시는 시가 겨울에 태어나는 언어라는 것을 아주 잘 말해주고 있다. 시는 겨울에 태어나서 사계절을 살아간다. 여기에 실린 시들 또한 다르지 않다. 시는 우리와 함께, 우리 옆에 살아가고 있는 생명체나 다름없다. 겨울에 핀 꽃이다. 한 번 피면 지지 않고 영원히 사계절을 굴려간다. 나는 그 꽃들의 꽃말을 여기에 받아 적어본 것이다.

곁들여 싣는 사진은 2014년 여름에 몽골 여행에서 만난 풍경들이다. 광활한 대륙의 사막과 초원이다. 비록 한 철 여름의 짧은 만남이었지만 지구의 맨얼굴을 짐작하기에는 충분한 시간이었다. 무감한 공간과 무심한 시간의 흐름은 아득한 시원의 시공으로 이끄는 현묘한 표정을 지녔다. 자작나무와 향긋한 초원의 풀들, 독수리와 자연에 가까운 사람들도 만났다. 자연스럽게 살 수 있는 곳에서 자연스럽게 살아갈 때 비로소 제

모습을 지닌다는 것을 확인할 수 있었다. 그리하여 이 사진들에 담긴 풍경이야말로 사계절의 흐름을 담아낸 이 시편들과 잘 어울린다는 생각에서 곁들인 것이다. 13점의 사진들 중에서 3점은 같이 여행한 소설가 이시백 형의 것이다. 감사드린다.

아울러 이 자리를 빌려 세상을 사계절의 흐름과 절기로 보는 법을 가르쳐주신 호호당 김태규 선생께 부족한 진심을 담아 감사드린다. 많은 부분 선생의 생각에 기대고 있음을 밝혀둔다. 그리고 아까운 지면을 할애해준 『매일신문』의 이상훈 편집국장, 원고수급에 노심초사한 이동관 문화부장께 감사드린다. 또 110편의 원고 중에서 50편을 고르고 부를 구성해준 이흔복 시인, 출판을 결정해준 실천문학사 김남일 대표, 편집 책임을 맡아준 이호석 팀장, 김현주 디자이너, 그리고 시를 허락해준 동료 시인 분들께 존경의 마음을 담아 감사드린다. 여러모로 많이 부끄럽지만, 지금 이 책을 읽어주시는 독자 여러분께도 염치불구 감사의 말씀을 미리 드려놓는다.

을미년 대서 무렵 안상학 삼가 올림.

수록 작품 출처

김경주, 「외계(外界)」, 『나는 이 세상에 없는 계절이다』, 랜덤하우스중앙, 2006

김사인, 「늦가을」, 『가만히 좋아하는』, 창비, 2006

김선우, 「낙화, 첫사랑」, 『내 몸속에 잠든 이 누구신가』, 문학과지성사, 2007

김성규, 「적도로 걸어가는 남과 여」, 『천국은 언제쯤 망가진 자들을 수거해가나』, 창비, 2013

김소연, 「너의 눈」, 『빛들의 피곤이 밤을 끌어당긴다』, 민음사, 2006

김연진, 「황홀」, 샘문학 동인지 6집 『물과 얼음 사이』, 한빛, 2012

김이듬, 「12월」, 『말할 수 없는 애인』, 문학과지성사, 2011

김주대, 「태산(泰山)이시다」, 『그리움의 넓이』, 창비, 2012

김해자, 「데드 슬로우」, 『축제』, 애지, 2007

나희덕, 「너무 이른, 또는 너무 늦은」, 『그 말이 잎을 물들였다』, 창비, 1994

문동만, 「그네」, 『그네』, 창비, 2009

문성해, 「여름꽃들」, 『아주 친근한 소용돌이』, 랜덤하우스, 2007

문인수, 「공백이 뚜렷하다」, 『적막 소리』, 창비, 2012

문정희, 「미친 약속」, 『카르마의 바다』, 문예중앙, 2012

박남준, 「마루에 앉아 하루를 관음하네」, 《현대문학》, 2011년 10월호

박두규, 「가여운 나를 위로하다」, 《현대문학》, 2013년 8월호

박성우, 「봄, 가지를 꺾다」, 『가뜬한 잠』, 창비, 2007

박용하, 「수평선에의 초대」, 『영혼의 북쪽』, 문학과지성사, 1999

박철, 「불을 지펴야겠다」, 『불을 지펴야겠다』, 문학동네, 2009

박현수, 「물수제비」, 『위험한 독서』, 천년의시작, 2006

박형권, 「우물」, 『우두커니』, 실천문학사, 2009

박후기, 「시인들」, 『격렬비열도』, 실천문학사, 2015

배창환, 「나무 아래 와서」, 『겨울 가야산』, 실천문학사, 2006

백무산, 「내가 계절이다」, 『그 모든 가장자리』, 창비, 2012

복효근, 「눈이 내리는 까닭」, 『목련꽃 브라자』, 천년의시작, 2005

서안나, 「병산서원에서 보내는 늦은 전언」, 『립스틱 발달사』, 천년의시작, 2013

손택수, 「숨거울」, 『나무의 수사학』, 실천문학사, 2010

심보선, 「오늘 나는」, 『슬픔이 없는 십오 초』, 문학과지성사, 2008

안도현, 「파꽃」, 『북항』, 문학동네, 2012

안현미, 「여자비」, 『이별의 재구성』, 창비, 2009

엄원태, 「강 건너는 누떼처럼」, 『먼 우레처럼 다시 올 것이다』, 창비, 2013

위선환, 「혼잣말」, 『새떼를 베끼다』, 문학과지성사, 2007

유홍준, 「오므린 것들」, 《현대시》, 2012년 12월호

이기철, 「생은 과일처럼 익는다」, 《현대문학》, 2013년 9월호

이성복, 「내 마음아 아직도 기억하니」, 『남해금산』, 문학과지성사, 1986

이승하, 「아픔이 너를 꽃피웠다」, 『인간의 마을에 밤이 온다』, 문학사상, 2005

이시영, 「잠들기 전에」, 『은빛 호각』, 창비, 2003

이영광, 「높새바람같이는」, 『아픈 천국』, 창비, 2010

이정록, 「짐」, 『어머니 학교』, 열림원, 2012

이하석, 「길」, 『상응』, 서정시학, 2011

장석남, 「옛 노트에서」, 『지금은 간신히 아무도 그립지 않을 무렵』, 문학과지성사, 1995

장옥관, 「영영이라는 말」, 『그 겨울 나는 북벽에서 살았다』, 문학동네, 2013

장철문, 「오서산」, 『무릎 위의 자작나무』, 창비, 2008

정양, 「토막말」, 『살아 있는 것들의 무게』, 창비, 1997

정현종, 「기억제 1」, 『고통의 축제』, 민음사, 1975

정희성, 「그리운 나무」, 『그리운 나무』, 창비, 2013

조용미, 「터널」, 『기억의 행성』, 문학과지성사, 2011

최문자, 「꽃은 자전거를 타고」, 『그녀는 믿는 버릇이 있다』, 문예중앙, 2006

하종오, 「무언가 찾아올 적엔」, 『무언가 찾아올 적엔』, 창비, 2003

황지우, 「너를 기다리는 동안」, 『게 눈 속의 연꽃』, 문학과지성사, 1991

시의
꽃말을
읽다

1판 1쇄 발행 2015년 7월 28일
1판 3쇄 발행 2016년 12월 1일

글 안상학
사진 안상학, 이시백
펴낸이 윤한룡
편집 김현, 박혜영
디자인 이춘희
관리·영업 김선화, 김일영

펴낸곳 (주)실천문학
등록 10-1221호(1995.10.26.)
주소 서울특별시 성북구 보문로 82-3 801호(보문동 4가, 통광빌딩)
전화 322-2161~5
팩스 322-2166
홈페이지 www.silcheon.com

ISBN 978-89-392-0734-9 03810

이 도서의 국립중앙도서관 출판시도서목록(CIP)은 e-CIP홈페이지(http://www.nl.go.kr/ecip)와
국가자료공동목록시스템(http://www.nl.go.kr/kolisnet)에서 이용하실 수 있습니다.(CIP제어번호:CIP2015019370)